David Leixner

Am Horizont rechts ab

tredition®

www.tredition.de

© 2017 David Leixner

Verlag: tredition GmbH, Hamburg
978-3-7345-9295-9 (Paperback)
978-3-7345-9296-6 (Hardcover)
978-3-7345-7338-5 (e-Book)

„1"

27. Mai 2016

Regionalnachrichten Baden:
In Leimen wurde einer der drei Verdächtigen fest-
genommen, die in der Düsseldorfer Altstadt im
Namen des IS einen Anschlag geplant haben.
Leimen? Gerade lese ich einzelne News im Netz
und ein großes Fragezeichen erscheint ob der
Nachricht über meinem Kopf. War ich letzte Woche
erst bei einem Kunden in Leimen gewesen, nur
knapp 100 Kilometer von Frankfurt entfernt.
Angst schleicht sich an und packt mich von hinten
hart. Ich habe Geburtstag.
Als ich heute Morgen aufgestanden bin, habe ich
mir noch überlegt krankzumachen, aber mich dann
dagegen entschieden, da mein Chef mich schon seit
meiner Rückkehr aus China 2012 im Blick hat und
bestimmt weiß, dass ich Geburtstag habe. Jetzt bin
ich mit meinem neuen Kollegen Fritz Koch auf
dem Heimweg von Herrn Bauer, einem langjähri-
gen Kunden, als wir an einem Eiskaffee vorbei-
kommen. „Wollen Sie ein Eis?“, fragt er mich, aber
ich bin beschäftigt, da ein junger Mann schon zum
zweiten Mal hektisch an uns vorbeiläuft. Arabi-
scher Einschlag im Gesicht und immer wieder den
Blick wechselnd. Er macht mich nervös. „Das fehlt
jetzt gerade noch“, denke ich mir und frage Koch:
„Was will der Kanake hier?“ „Keine Ahnung“,

schüttelt der den Kopf und präzisiert seine Frage: „Die haben eine besondere Mischung aus Schoko und Vanille mit Blaubeeren im Angebot. Wollen Sie davon eine Kugel?" „Jetzt nicht", schüttle ich den Kopf und frage mich, warum der Idiot nicht einfach weitergeht. Er nervt mich mit seinem schnellem Schritt und hektischem Blick. Terrornachrichten haben mich bisher meist in geschmeidiger Entfernung in Frankfurt erreicht. Gilt der ein oder andere Stadtteil als Salafistenburg, wohne ich in keinem davon und habe bisher noch keinen Verdächtigen in Terroraktion aktiv gesehen. Was war das nur für ein Leben bevor der Gutmensch und unser aller Bundeskanzlerin sich dazu bereit erklärt hat, Flüchtlinge aufzunehmen und der IS sich die Welt an sich für Angriffe auserkoren hat? Was war das noch für ein Leben als mein politisches Wesen noch mein ganzer Stolz war, es raus und sich der Welt zeigen wollte? Meine Gedanken ziehen eine neue Schleife als mir ein junger Mann mit einer dicken Mütze auffällt, der an der Straßenbahnhaltestelle bei der Paulskirche auf dem Boden sitzt und immer wieder laut singt und schreit „Ficken muss man jeden Tag, ficken hilft bei allem". Die meisten laufen an ihm vorbei, nehmen ihn gar nicht wahr und er singt tapfer immer denselben Satz. „Okay" nicke ich und schaue meinen Kollegen an, „Recht hat er, es hat nur nicht jeder das Glück, jeden Tag jemanden zum

Vögeln zu haben", grinse im mich hinein und freue mich später auf daheim. „Sing du ruhig weiter, du King des Vögelns", schnappe ich mir mein Brot und beiße einen großen Bissen von ab. „Ich würde sagen, wir können für heute Schluss machen. Die Firma Temko steht eh erst morgen auf dem Plan, die haben jetzt schon zu", bemerke ich bei einem Blick auf meine Uhr." 15.36 Uhr „Alle klar", schaut Koch mich an und dreht an der nächsten Kreuzung links ab. Ich habe noch knapp dreieinhalb Stunden Zeit bis zu meinem Geburtstagsabendessen, weshalb ich an den Bahnhof fahre. Dort ist ein guter coffee store, wo mein Lieblingsplatz am Fenster frei ist. „Perfekt" denke ich mir, packe mein Laptop aus, stecke den USB – Stick rein und öffne die Datei „8 Quadratmeter Freiraum" in word. Deren Inhalt habe ich gar nicht selbst, sondern meine Heilpraktikerin Frau Trunk für mich aufgeschrieben. „8 Quadratmeter Freiraum" lese ich dick markiert als Überschrift. Da war alles noch anders und meine Neugierde packt mich. 2016 haben wir aktuell und in dem diary, wie Frau Trunk es gerne nennt, sind von mir erlebte Tage von 2011 festgehalten. Dass es ein Männerdiary und kein Tagebuch einer Frau ist, sehe ich dabei gleich wieder, wenn ich die Unregelmäßigkeiten der Daten überfliege. 2011 hatte mein Hausarzt Dr. Schmitt mich zu Frau Trunk, einer Heilpraktikerin geschickt, da er sich keinen Rat mehr wusste. Ich hatte öfters starke Kopfschmerzen, das CT und MRT brachten keinen darauf zurückführenden Befund und Dr. Schmitt war der Meinung, dass Frau Trunk mir vielleicht helfen könnte. Das erste Mal bei ihr angekommen, fand ich sie gleich gut. Sie hatte grüne Augen, sprach nur wenig und ließ mich vor allem reden. Also, ich hatte bei ihr das Gefühl, dass all ihr Handeln und Sprechen, bewusst gewählt ist. Von Heilpraktikern hatte ich bis dahin eigentlich wenig gehalten, weil ich mich bis dahin auch nicht damit auseinandergesetzt hatte. „Neumodischer Mist", nannte meine Mutter das gerne, wenn ich sie mal reden hörte. Ich wusste nur, dass ich das selbst zahlen muss. „Herr Schumacher, darf ich erfahren, was der Grunde Ihres Kommens ist?", fragte sie mich beim ersten Termin mit einem Lächeln im Gesicht. „Ich weiß auch nicht", schüttelte ich den Kopf, „ich habe öfters starke Kopfschmerzen, da hilft keine Tablette mehr und nichts und nach zahlreichen Untersuchungen schickt Dr. Schmitt mich nun zu Ihnen." „In Ordnung Herr Schumacher, dann wollen wir die Sache mal langsam angehen. Vielleicht erzählen Sie erst einmal ein wenig von sich." Eigentlich sprach ich nur ungern über mich und meine Probleme, aber ihr Blick durch ihre freundlichen Augen ließ mich reden und nach ein paar Wochen erzählte ich ihr sogar von meinen Aufzeichnungen, die ich zu der Zeit mit einem Diktiergerät aufgenommen hatte. Extra gekauft hatte ich es mir und wollte mit den Aufzeichnungen meine Gedanken sammeln, da ich zum Schreiben ganz einfach zu faul war. „Herr Schumacher, vielleicht geben Sie mir Ihre Aufzeichnungen und ich höre sie mir an. Manchmal finden sich in Gedanken auch Lösungen und man ist sich dessen gar nicht bewusst", schlug sie mir vor. Eigentlich kein Freund der esoterischen Linie, die sie irgendwie ausstrahlte, ließ ich mich doch darauf ein, weil ich Frau Trunk ganz einfach vertraute. Ich konnte mir nicht erklären, warum das so war, aber sie hatte einfach eine gute Ausstrahlung. Einen Monat später schickte meine Firma mich für ein Jahr ins Ausland und ich sah Frau Trunk leider nicht mehr. „Frau Trunk", rief ich sie an, „ich gehe für ein Jahr nach China und habe keine Zeit mehr bei Ihnen vorbeizukommen," „Aber Herr Schumacher, das ist doch kein Problem", antwortete sie, „ich habe da sogar noch eine Idee, ich würde Ihre Gedanken gerne in einer Art Tagebuch notieren, dann werden Zusammenhänge leichter klar, die unter Umständen auch ein Grund für Ihre Kopfschmerzen sein könnten. Ich halte sie in einer Datei fest, dann haben Sie selbst jederzeit Zugang dazu, okay?". Und noch während ihrer Erklärung nickte ich nur noch vor mich hin. „Frau Trunk, da wäre ich Ihnen sehr, sogar sehr dankbar."

Mal hatte ich das Diktiergerät monatelang nicht benutzt und dann wieder Tage hintereinander. Ich habe bei meinen Aufzeichnungen immer so gesprochen als würde ich das Diktierte gerade erleben. Das war überhaupt das erste Mal und einzige Jahr, wo ich mich der Methode der Aufnahmen über ein Diktiergerät bedient habe. Keine Ahnung, ob das so gehört. Es war mir egal, ich wollte einfach wissen, ob es mir etwas bringt.

Frau Trunk hatte mir 2011 nach ein paar Wochen in Peking eine Mail zukommen lassen, in der sie mir geraten hat, mir in einer guten Apotheke Zink zu besorgen und regelmäßig einzunehmen, das würde mich fürs erste ein wenig beruhigen. Von meinen Aufnahmen erwähnte sie nichts und ich fragte nicht nach. Jetzt haben wir fünf Jahre später. Ich bin gespannt und bevor ich zu lesen beginne, gehe ich noch einmal in word und überlege mir, wie ich meine Überlegungen, die mir beim Lesen heute vielleicht aufkommen festhalten kann. Die gleiche Schrift wäre nicht schlau, da sie sich nicht von Frau Trunks Text unterscheiden würde, fett markiert wäre zu aufdringlich und kursiv zu verspielt. Also entscheide ich mich dafür, meine Notizen einzurücken. Von sich aus hat Frau Trunk zu meinen Aufzeichnungen nichts dazu geschrieben und sie 1 zu 1 übernommen. Ich weiß nur noch, dass meine eigene Vergangenheit mich in den einzelnen Tagen damals ständig begleitet, erreicht und teilweise überrollt hat. Sie war irgendwie immer dabei, ohne dass ich mir ihrer Begleitung bewusst gewesen wäre. Und bevor mich meine schweifenden Gedanken jetzt vom Lesen abhalten, nehme ich noch einen großen Schluck guten Kaffee, den es meiner Meinung nach in Frankfurt so kein zweites Mal mehr gibt, setze meine braune Hornbrille auf, die mir mein neuer Optiker empfohlen hat, und beginne zu lesen.

„2“

1. Januar 2011

Die erste Nacht im neuen Jahr läuft an und ich bin wach. Vor meinen geistigen Augen das Großraumbüro meines Arbeitgebers auf 3 Etagen verteilt. Jeweils 250 qm Nutzfläche mit acht Quadratmetern Freiraum auf jeder Etage. Es sind acht Quadratmeter Freiraum, den ich mir mit meinen Kollegen teile. Natürlich nicht mit allen auf einmal. Die acht Quadratmeter Raum im Raum sind an drei Seiten verglast und Computer mit Druckeranschlüssen stehen drin. Beim Blick nach draußen habe ich direkte Sicht auf Frankfurt und gegenüber im Haus verkauft ein Blumenhändler Orchideen in jeder Größe und Farbe. Für Frauenaugen und Frauenseelen bestimmt der geeignete Blick. Es kommen jeden Tag neue dazu und andere werden verkauft, das Geschäft läuft gut. Ich schaue daran gerne vorbei, lande mit meinen Augen beim Fahrradhändler und fühle mich ob des Angebots an Mountainbikes und Trekkingbikes in dem Moment frei. Die acht Quadratmeter sind mein persönlicher, mein männlicher Freiraum und den brauche ich zeitweise, um wieder normal weiterzumachen. Es ist der Raum im Raum, der mir Sicherheit gibt, wenn ich geistig zu schwimmen beginne. Frankfurt an sich ist groß, ansprechend und meine Kollegen sind größtenteils in Ordnung. Ich arbeite beim Versicherungsriesen

Frankfurter Direkt Versicherung, kurz FDV und da wird nicht übertrieben gemobbt. Ich bin in der Gruppe für Abendtreffs dabei, zu der ausgewählte Kollegen gehören und in der wir uns in den Pubs und Kneipen um den Römer diverser Biersorten bedienen, um uns besser kennenzulernen. Manchmal gehe ich mit, aber nicht immer. Manchmal halt, weil es mir ganz einfach nicht immer danach ist. Wenn meine Gedanken auf Gefahr eingestellt sind, dann bleibe ich besser daheim. Bin ich dann undankbar, wenn mir die Abendtreffs plötzlich zu unsozial sind und das Büro als täglicher Arbeitsplatz zu groß erscheint? Keine Ahnung. Manchmal wird es mir in unserem Großraumbüro zu viel. Ich bin zwar schon 10 Jahre dabei, aber wenn es so weit ist, schleiche ich mich eben in die acht Quadratmeter und wenn ich viel, viel Glück habe, dann sind sie auch leer. Ansonsten setze ich mich vor einen der vier Rechner und wenn andere dazu kommen, arbeite ich wichtig an einer Aufgabe, dass ich nicht gleich wieder verdrängt werde. Verdrängt werden? Kenne eigentlich nur ich das Gefühl, oder geht das meinen Kollegen genauso? Wieder keine Ahnung wie mir auffällt. Ich habe noch mit keinem darüber gesprochen und auch unsere Abendtreffs nicht für Fragen dieser Art genutzt. Ich hasse es auf jeden Fall. Es fühlt sich so kalt an. Meine Kollegen sind mir in solchen Momenten in einem Anflug von

Soziophobie ein regelrechter Graus. Dann ist mir schon das Rascheln oder Atmen am Nebentisch zu viel und ich muss weg. Wenn es so weit ist, vermittelt mir der eine Quadratmeter auf Toilette Sicherheit. Sollen an den Pissoirs und hinter den Türen doch alle pinkeln oder machen was sie wollen. Hier kann ich atmen, tief Luft holen, und Kraft für die Zeit bis zum Feierabend tanken. „Tobias, alles klar?", höre ich an meinem Schreibtisch öfters von hinten. Wenn ich mich dann umdrehe, blicke ich in das grinsende Gesicht meines Kollegen Max. Er ist Anfang 30 und sitzt am Schreibtisch hinter mir. „Alles klar, und bei dir?" „Hatte heute Morgen einen guten Kaffee, zwei dicke Eier und eine hübsche Blonde neben mir liegen", lacht er. „Aha", schaue ich ihn nur an. „Ja, wenn du mich jetzt fragen würdest, was ich davon am besten fand, könnte ich dir echt nicht sagen was" grinst er weiter und schlägt mir beim Vorbeigehen auf die Schulter. „Komm Tobias, lach mal." Max mit seiner ewig guten Laune brauche ich nicht jeden Arbeitstag, aber er ist so gut wie immer da und lacht. Deutschland befindet sich noch ziemlich am Anfang eines neuen Jahrtausends und Nachrichten vermitteln öfters den Eindruck einer beginnenden Rezession im Land. Weiter sind sie mit Al Qaida und Islamischer Staat beschäftigt und viele bekommen dadurch gar nicht mit, dass es Deutschland selbst nicht gutgeht.

Islamischer Staat? Al Qaida? Unglaublich. Damals wie heute aktuell. Wirklich unglaublich.

Alles schlecht, die ganze Welt rattert und Prognosen berichten in allen wichtigen Nachrichtensendungen und Magazinen darüber, dass es 2011 schlimmer werden soll. Ich habe deshalb schon meine Tageszeitung abbestellt. Dass ich natürlich trotzdem nicht vor der Welt flüchten kann, habe ich bisher nicht verstanden, vielleicht auch nicht verstehen wollen. In der ersten Nacht dieses Jahres habe ich auf alle Fälle viele gute Vorsätze. Ich will keine halbe Schachtel Zigaretten am Tag mehr rauchen, keine obligatorischen zwei Bier nach Feierabend trinken und mehr mit meiner Familie machen, Julia und unseren beiden Hübschen, Paula und Anna, 7 und 5 Jahre alt. Die Nachtstunden vergehen. Am ersten Tag des neuen Jahres wache ich morgens auf, bin nicht alleine, da Julia, Paula und Anna mit im Bett liegen und ich fühle mich so wie sich ein Mitte Dreißiger wohl fühlen muss: wie ein Knapp-Vierziger in der Mitte seines Lebens. Was ich habe erreichen wollen, habe ich geschafft, es zu einer Familie gebracht und als Versicherungskaufmann habe ich einen Job, der uns allen ein gutes Leben ermöglicht. Julia arbeitet zwei Mal die Woche noch in der Praxis einer Zahnärztin um die Ecke, aber das hätte sie nicht müssen, das macht sie, um sich selbst noch etwas mehr leisten zu können. Geld ist ein bestimmendes Thema für mich. Ich habe gerne den Überblick über die Finanzen und traue meiner Julia nicht, was finanzielle Angelegenheiten angeht. Schon ihre Eltern haben nicht mit Geld umgehen können. Ihr Vater alleine hat es geschafft, in weniger als zwanzig Jahren zwei Firmen in die Pleite zu stoßen und es ist ihm nie gelungen, der Mutter Einhalt wegen ihrer Einkäufe zu gebieten. Ein Brillant hier, eine Perle da. Sie wusste ihre Unzufriedenheit durch Konsum zu verschleiern. Das habe ich erst später über ihre Eltern erfahren. Am Anfang, als wir uns kennenlernten, waren wir eines Abends am Main gewesen. Die Nacht brach herein und ich holte eine Flasche Rotwein mit zwei Pappbechern aus meinem Rucksack, um mit ihr zusammen Radio zu hören und Wein zu trinken. Wir legten uns auf einer Decke ab. Lange hörten wir der Musik zu, küssten uns und sprachen wenig, als Julia sich zu mir drehte. „Tobias, weißt du, das erzähle ich eigentlich nicht so schnell, aber irgendwie ist es mir bei dir ein Bedürfnis. "Ich schaute sie an. „Julia, du kannst mir alles erzählen, was du mir erzählen willst." „Ich erzähle es nicht so gerne, weil jich kein Mitleid möchte." „Julia", schaute ich sie an, „Ich höre dir zu und verspreche dir, dass du von mir keines empfangen wirst." „Ich" schluckte sie,, „weißt du, meine Eltern sind vor vier Jahren bei einem

Autounfall gestorben" füllten sich ihre Augen mit dicken Tränen, „es war auf der Landstraße als ein PKW einen LKW überholen wollte, das Auto meiner Eltern übersah und mit ihnen kollidierte." Ich nahm sie in meine Arme und wischte ihre Tränen weg. „Ich hatte nicht gewusst, was die Polizei von mir wollte als sie zu mir kam und es hat eine ganze Weile gedauert bis ich es realisiert habe." Ich nickte. „Das glaube ich dir." Mir fielen dabei meine eigenen Eltern ein. Meine Mutter lebt noch und sie war mir nie eine richtige Mutter gewesen und mein Vater? Ob der noch lebt, weiß ich nicht. „Jetzt haben wir zwei uns kennengelernt, worüber ich wirklich froh bin und wir werden uns gemeinsam eine schöne Zeit machen", gab ich ihr einen Kuss. Sie sah mich an und gab mir einen Kuss zurück. „Das hoffe ich, dass die Zeit schön wird." Im Laufe der gemeinsamen Zeit habe ich gemerkt, dass Julia sich geldtechnisch doch viel von den Gewohnheiten ihrer Mutter abgeschaut hat. Aber für diese Art von Leben haben wir das Geld nicht. Ich war in der Schule nur in Mathematik gut gewesen und hatte mein Abitur mit Ach und Krach geschafft. Danach habe ich einige Jahre hier und da gejobbt und wurde erst mit meiner Ausbildung zum Versicherungskaufmann bei FDV ruhiger. Ich blieb nach meinem Ausbildungsende dort und verdiene gut, aber auf das Geld muss meine Familie achten, also vor allem eben ich.

Wenn ich das heute lese, wird es mir ganz anders. Heute haben wir 2016 und bin ich ohne die 3 in Frankfurt. Es geht eben doch nicht immer einfach alles so weiter – eigentlich komisch, wenn man es nur so kennt.

2004 hatten Julia und ich 3 Jahre nach meinem Ausbildungsende geheiratet, da Paula auf dem Weg war. Einmal nach einer Party nachts nicht richtig aufgepasst und schon war es geschehen. „Tobias, ich muss dir was sagen", kam Julia damals auf mich zu. „Kann ich mir vorher noch etwas zu essen holen?" Sie knirschte mit den Zähnen. „Tobias, ich warte schon den ganzen Nachmittag darauf, dass du kommst." „Okay, dann lass uns mal auf die Couch setzen für deine Neuigkeiten." „Tobias", kam Julia fast ins Stottern. „Ich, also meine Tage sind überfällig gewesen und dann…" Mir wurde es ganz anders. „Und?" sah ich sie an. „Dann bin ich in die Apotheke und habe mit einen Test geholt…" „Und dann?" „Er hat angezeigt, dass ich schwanger bin", sah sie mich unsicher an. Peng. Eigentlich ist es überhaupt nicht meine Art, unkontrolliert zu handeln und ich habe mich nicht wirklich gefreut. Wir hatten doch verhütet. „Dann werden wir das schaffen", nahm ich sie in den Arm und wusste nichts mehr zu sagen. Das Thema Kinder stand eigentlich erst in ein paar Jahren auf meinem Plan. Ich fragte mich manchmal, ob Julia mich reingelegt hat. Von wegen Pillenknick in den 70ern, „Ihr Männer braucht euch keine Sorgen mehr machen! Jetzt wird alles gut – für die Frauen wie für die Männer!", riefen Alice Schwarzer und Konsorten damals, aber wenn die Frau wollte, dann konnte sie den Mann früher wie heute noch reinlegen, da war und bin ich mir ganz sicher.

Heute am ersten Morgen im neuen Jahr versucht mich Anna, die noch mehr als Paula an mir hängt, zu wecken. Sie zieht an meinem T-Shirt und schaut, was passiert. Ich reagiere nicht und bleibe ganz ruhig. Ich kann auch gar nichts machen, denn wieder fällt mir meine Mutter Martha ein. Es ging mir als kleiner Junge nicht viel anders und ich wollte meine Mutter morgens gut gelaunt wecken. Bis dahin war noch alles in Ordnung gewesen, eben alles bis auf ihre Reaktion. Leichtes Klopfen an ihrem Rücken – nichts geschah. Aufforderndes Klopfen. „Mama, werde endlich wach, es liegt draußen Schnee." Und sie wurde wach und reagierte damals, aber eben anders als ich es mir gewünscht hatte. „Was willst Du eigentlich? Weißt Du, dass ich täglich arbeite? Das müsste ich nicht, wenn ich dich nicht hätte." Klare Ansage und aus.

Ich war damals frisch in die Schule gekommen und der Schock saß. Was hatte ich denn falsch gemacht, fragte ich mich in meiner kindlichen Naivität, da Kinder die Schuld bei sich selbst suchen, wenn irgendetwas falsch läuft. Ich erinnere mich sogar jetzt noch Jahrzehnte später daran als wäre es gestern gewesen und ein Schauer überkommt mich.

„Aber dein Vater hat uns verlassen und ich kann dich ja nicht in ein Heim geben, was würden Oma und Opa dann denken? Also arbeite ich für 6,50 DM an der Kasse, und das mindestens acht Stunden am Tag. Und jetzt willst Du mir etwas von Schnee erzählen? Komm Junge!", lachte meine Mutter höhnisch auf, zu höhnisch für mich, einen Kleinen, der gar nichts verstand.

Ich höre sie sogar 2016 wieder lachen und als sie nicht aufhört, versuche ich mit einem Schlag auf mein rechtes Ohr für Ruhe zu sorgen. Blöde Kuh.

Anna zieht während meines geistigen Erinnerungskarussells weiter tapfer an meinem Shirt. Ich will nicht schreien, kann aber auch nicht anders, weil es in mir brüllt, also drehe ich mich noch einmal um. „Lasst den Papa in Ruhe, der hat gestern noch schwer arbeiten müssen, obwohl Silvester war", sagt Julia neben mir zu der Kleinen. „Ja, aber ich wollte ihn doch nur wecken, dass er mir meine Milch bringt." „Das würde er doch auch gerne, mein Engel, aber vielleicht ein bisschen später. Jetzt muss er erst einmal wach werden. Ich bringe dir eine Tasse warme Milch." Mit dem Kind gemeinsam im Bett zu liegen hat es in meiner Kindheit nicht gegeben. Meine Mutter hatte das Bett zwar ganz alleine für sich, aber mich wollte sie nicht dabei. Mein Vater Hugo hatte kurz nach meiner Geburt das Weite gesucht und uns alleine gelassen. Niemand wusste, wo er hin war. Einige erzählten sich, dass er nach Amerika ausgewandert wäre, ein anderer wollte ihn einmal im Hamburger Hafen gesehen haben. Laut der nächsten Geschichte war er bei der französischen Fremdenlegion gelandet. Meine Mutter hat es nie verkraftet, dass Hugo sie und mich alleine gelassen hat und hat mir nie Liebe gegeben. Dass meine zwei Prinzessinnen viele Jahre später manchmal nachts bei Julia und mir schlafen dürfen, hätte ich niemals verboten und Julia ist dafür sowieso zu sehr Mutter als dass sie das nicht gewollt hätte. Unter der Dusche angekommen, habe ich heute Morgen schon fast wieder vergessen, dass ich gar nicht arbeiten muss. „Es ist Neujahr, Neujahr, Neujahr", muss ich mir immer wieder selbst sagen. Keine Kollegen, kein Chef, kein Kunde, kein Stress. Arbeit ist für mich nicht mehr und nicht weniger. Arbeit hat nichts durchdringend Positives für mich. Arbeit ist dazu da, um Geld zu verdienen. Sie gibt mir wenig für mein Selbstbewusstsein, Sie gibt mir wenig Anerkennung. Sie ist einfach da, um da zu sein. So stehe ich jeden Morgen auf, ziehe mich an, trinke noch einen Kaffee und gehe zu FDV. Dort bin ich einer von 45 anderen Mitarbeitern, einer von den 45 grauen Männern und Frauen bei FDV. Ich falle nicht besonders auf und würde mich als unauffälligen Zeitgenossen beschreiben. Nicht besonders hübsch und nicht besonders hässlich finde ich mich selbst. Ich brauche nicht viel Aufmerksamkeit, trage eine Brille und kurze blonde Haare, trinke meinen Kaffee – zu viele Tassen am Tag – und schade niemandem.

So bin ich und so füge mich in das persönliche Bild von mir und meiner Welt ein. Ich bin einer von den Guten und habe öfters das Gefühl, dass andere mir schaden wollen. Immer bin ich auf der Hut, dass mir nichts passiert. Niemals betrete ich den FDV völlig entspannt. Aufpassen ist meine Devise, viel zu groß meine Sorge. Wie soll ich auch ohne Job leben? Ich muss schließlich meine drei Ladys und mich ernähren. Ich bin auf den Job angewiesen.

Ich wiederhole mich auf den letzten Seiten immer wieder aufs Neue. Sage immer wieder dasselbe nur mit anderen Worten.

Und gerade das macht mir vielleicht so große Probleme, ohne dass ich mir dessen bewusst bin. Wäre ich alleine, hätte ich viel weniger Angst, dass etwas passieren könnte. Aber so bin ich in der Verantwortung für drei andere noch. Und Julia, die eben zwei Mal die Woche selbst arbeitet, ist an dieser Stelle erst gar nicht weiter zu erwähnen.

> Peinlich! War mein Leben zu dem Zeitpunkt eine Kopie des Lebens meiner Mutter gewesen? So dumm kann doch eigentlich keiner sein.

Nein, ich muss mich noch einmal erinnern, es ist Neujahr! Keine Arbeit, einfach nur zuhause sein. Neues Jahr, neues Glück. Was würde dieses Jahr auf uns zukommen? Wenn man den Medien traut, dann soll das ein schwarzes Jahr werden. Schwarz sind die Prognosen von Wirtschaftsführern, schwarz die Vorhersagen von Experten für unser Wirtschaftssystem. Was wäre der Mensch ohne dieses System? Selbst der Tauschhandel vor 1000 Jahren hatte schon nach den Gesetzen des Marktes funktioniert: Gibst Du mir einen Apfel, gebe ich Dir zwei Kartoffeln. Gibst Du mir 1 Kilo Steckrüben, kann ich für Dich ein Brot mitbacken. Willst Du mir 20 Karotten geben und ich habe schon welche, hat sich dein Angebot erübrigt. Ja, so oder so ähnlich war das früher gewesen und analog dazu kann man auch das heutige Leben betrachten: Schmeiße ich 20 Kaufleute auf den Markt und brauche nur 8, dann schauen die übrigen 12 erst einmal dumm aus der Wäsche. Brauche ich 100 It-ler und finde sie nicht, dann steigt der Preis für den einzelnen schier ins Unermessliche. Aber das ist am Neujahrstag für mich auch nicht so wichtig. Wahrsager und Wahrsagerinnen auf der ganzen Welt haben das Privatleben von Prominenten meist gar nicht so schlimm eingestuft wie Wirtschaftsexperten die Prognosen für das kommende Jahr. Vielleicht würde das Jahr auch für mich gut werden. Vielleicht gehe ich in meinem Privatleben aufgehen und dann ist mir der FDV ganz egal.

Manchmal auf Arbeit bekomme ich mit, wenn andere Kollegen über die neuesten Nachrichten sprechen, aber das ist heute nicht der Fall. Ich bin zuhause nicht besonders interessiert am Zeitgeschehen. Auch nicht an der Neujahrsansprache der Kanzlerin. Kanzlerin, pah, welch ein Fauxpas! Hatten die Männer es seit Jahrzehnten nicht gut gemacht und Deutschland vorangebracht und jetzt muss es eine Frau sein! Aber ganz ehrlich, was würde Fidel Castro wohl sagen, wenn er zu einem Staatsbesuch nach Deutschland käme? „Frau Kanzlerin, darf ich ihnen des neueste Kochrezept meiner werten Gattin anbieten, die leider schon verstorben ist?" Nein, so hörte sich kein Castro an. „Kanzler, unter uns Männern, wie wäre es, das Rauchverbot Rauchverbot sein zu lassen und uns eine dicke Havanna zu genehmigen?" Ja, das ist richtig. Das ist Castro und muss als Besucher jetzt in Deutschland eine Frau an der Spitze ertragen. Aber naja, nur heute will ich nicht so weit denken. Heute habe ich frei. Aber anstatt ihn zu genießen, weiß ich trotz aller Vorsätze nichts mit den Tag anzufangen. Die letzten Wochen waren auf Arbeit eben doch stressig gewesen, dass ich heute nicht einfach von jetzt auf nachher umschalten kann. Schade! Anna und Paula höre ich im Nebenzimmer rascheln. „Mama, wann kommt der Papa endlich raus?" „Ich habe Euch doch schon gesagt, er kommt bald", klärt meine Julia die Mädels auf. „Ja, aber wir haben doch jetzt schon so lange gewartet!" „Ich weiß, aber er braucht einfach noch Zeit für sich", vernehme ich im Zimmer nebenan Julias Stimme und ein Blitz durchfährt mich. Die Frau meint es wirklich gut mit mir und ich bin selten in der Lage, ihr dafür zu danken oder sie meine Liebe spüren zu lassen. Das Größte, was ich ihr oft geben kann, ist die Stille einer Bahnhofswartehalle, in der ich ihr keine Vorwürfe mache.

Vielleicht wird das 2011 jetzt besser, wenn ich mich nur genügend anstrenge.

„3"

5. Februar 2011

Ich überfliege noch einmal meinen Eintrag vom
ersten Tag im neuen Jahr. Ich achte sehr auf mein
körperlich-geistiges Wohlbefinden und bin stolz
darauf. Julia weiß, was passieren kann, wenn es in
Schieflage gerät, es reicht schon, wenn eines davon
in Schieflage gerät. Es ist bisher nicht oft der Fall
gewesen, doch wenn ich einmal die Fassung verlie-
re, wie es leider vorhin fast wieder der Fall gewesen ist, dann kann auch Julia nicht mehr viel machen. Ich komme heute nach einem langen Arbeitstag heim, will eigentlich nur noch meine Ruhe, als
sie mich beim Schuhe ausziehen mit einem „Hallo
Schatz, wie war dein Tag?" begrüßt und mir nur ein
Augenrollen bleibt. Ich hole Luft und bevor ich
etwas sagen kann, kommt sie mir schon mit
erhobenem Zeigefinger zuvor: „Und hör jetzt bloß
auf, deine schlechte Laune an mir auszulassen!"
Mir fehlen in dem Moment die Worte. Ich weiß,
worauf sie anspielt. Das ist knapp 8 Jahre her, als
ich unkontrolliert explodiert bin und sie einen
Abend außerhalb unserer Wohnung verbracht hat
und erst mit meinem Abgang zurückgekommen ist.
Da waren Paula und Anna noch gar nicht auf der
Welt gewesen. Auf Arbeit hatte mich mein Kollege
Frank mit seiner ewigen Rechthaberei so verärgert,
dass ich zu Hause ohne Vorwarnung ausgerastet

bin. Auf Arbeit getraue ich mich das nicht, da bewahre ich die Contenance, da habe ich mich im Griff. Daheim und fern der Arbeit kann das anders aussehen. Julia hatte es an besagtem Tag damals schnell gespürt, als ich nur zur Tür reingekommen bin. Wie oft und hatte sie mich aus der Küche mit einem „Hallo Schatz" begrüßt. Ich hatte nicht reagiert. Beim Entgegenlaufen sah sie in mein völlig mattes Gesicht. Es war blass mit aggressiven Linien um den Mund. Unwillkürlich ging ich einen Schritt auf sie zu und schob sie zur Seite. „Lass mich vorbei!", rief ich barsch und sie fiel nach hinten. Ich bemerkte das nicht, da ich viel zu sehr mit mir selbst beschäftigt war. „Schatz...?" „Habe ich Dir eben nicht gesagt, dass Du mich in Ruhe lassen sollst?" Und ich verlor die Fassung, rammte sie mit voller Wucht und sie flog in die Ecke, blutete aus dem Mundwinkel und wimmerte. „Kannst Du nicht aufhören oder muss ich noch deutlicher werden?", hob ich meine rechte Hand. Die Nachbarn in dem 8-Parteien-Wohnhaus konnten mein Gebrülle hören, aber das war mir egal. Wenn sie nichts anderes zu tun hatten... What a fuck und was ein Tag. „Kannst du mit deine unnötigen Fragen einfach ersparen?", fuhr ich sie weiter an. Und Julia fragte gar nichts mehr und blickte an mir vorbei ins Leere. „Und überhaupt wäre ich gar nicht auf die Idee gekommen, mich so aufzuregen, wenn du mich nicht so provoziert hättest. Bist du wirklich so blöd? Geh mir aus den Augen!" Dass sie zu der Zeit noch selbst voll arbeiten ging, interessierte mich an der Stelle nicht. Sie kroch langsam davon, fiel beim Aufstehen vor lauter Tränen in den Augen noch einmal hin und hatte es mit Mühe bis zur Türe geschafft, wie ich noch sehen konnte. Ich bin hinter ihr hergerannt, weil ich wissen wollte, wo sie hingeht, aber Frau Mayer von der Nachbarswohnung stand im Gang und ich kam nicht so schnell weiter. „Hallo Frau Mayer", begrüßte ich sie und ging zurück. Eigentlich wollte ich mich an dem Abend damals mit meinen zwei Freunden treffen, von denen ich nicht viele hatte. Sie heißen lustiger Weise Peter und Paul und ich kenne sie aus Kindertagen. Ich hatte ihnen früher in Mathematik geholfen und sie hatten mich zum Spielen mitgenommen oder aber vor den anderen in der Klasse, die mich nicht leiden konnten, verteidigt. Ich war einer von denen, die anscheinend dazu verdammt schienen, dass sie von anderen geschlagen und gehänselt wurden. Vielleicht hatte ich ein Opfergesicht? Es traf mich auf alle Fälle oft und ich habe nie verstanden warum. Ich hatte mich nicht anders verhalten als die anderen, geschweige denn, dass ich jemanden absichtlich provoziert hätte – das hätte ich mich gar nicht getraut. Trotzdem kam es fast täglich vor, dass mich einer aus der Schule schnappte und drangsalierte, mal wurde ich getreten, bespuckt oder geschlagen. Nur unbescholten kam ich selten davon. Zeitweise hatte ich von meinem wenigen Geld sogar Schokolade und Bonbons gekauft, um die anderen damit zu bestechen. Sie sollten meine Freunde sein oder mich zumindest in Ruhe lassen, aber außer bei Peter und Paul schaffte ich es bei keinem sonst. Ich wusste nicht, von wem ich das Talent geerbt hatte, aber ich war in Mathe ein echtes Ass. Ich konnte schneller rechnen als die anderen in der Klasse und in den höheren Klassen schnell mathematische Zusammenhänge herstellen und Lösungen finden, wo die meisten meiner Mitschüler noch Fragezeichen über ihren Köpfen zu verzeichnen hatten. Aber Logik konnte mir bei der Lösung meines anscheinend größten Problems, nämlich mir selbst nicht helfen und außerdem wäre es mir damals lieber gewesen, weniger von Zahlen und Algebra zu verstehen und mehr Freunde zu haben.

Ich schüttle meinen Kopf. Bin ich psychisch tief abgetaucht, ohne es für irgendetwas Positives für mich genutzt zu haben.

Aber gelungen ist es mir nie – bis eben auf meine beiden Mathe-Einkäufe Peter und Paul. Die nutzten meine Intelligenz in Mathematik geschickt für sich, und wenn sie mich zum Spielen mitnahmen, gab es immer besonders unbeliebte Aufgaben zu erledigen, für die ich als geradezu prädestiniert galt. Tragischer Weise, also für mich tragischer Weise, für die anderen schien es ganz klar zu sein, dass es mich treffen würde, musste ich selbst an gemeinsamen Spielnachmittagen mit Peter und Paul damit leben, das schwarze Schaf gezogen zu haben. Immer wenn Peter und Paul und ich auf die Straße gingen und Leute ärgerten, dann waren Peter und Paul auch die zwei schnelleren Renner gewesen. Mal kam ich mit zwei roten Backen nach Hause, mal mit einer blutigen Nase, einmal, als es ganz schlimm kam, fehlte mir ein Büschel Haare. Dabei hatte der 82jährige Nachbar hinter seiner Holztür gestanden als die Kracher hochgingen. Und dann gerade, als die Kracher losgingen und wir losrannten, gerade in dem Moment war ich mal wieder den einen Schritt zu langsam gewesen und der Nachbar packte zu, direkt in meine Haarpracht, die nicht wirklich eine gewesen war. Und der 82jährige frühere Metzger hatte dementsprechende Hände und schnappte sich viele meiner Haare.

Ich mache eine Pause und schaue in die Luft, als mein Blick auf ein schwarzes Heft fällt. In einer Buchhandlung am Bahnhof war ich damals darüber gestolpert. Schwarzer Einband im Din A5 Format und innenseitig kariert. Ich nahm es mit, da ich darin Rechnungsbeträge notieren oder eine Buch mit Notizen führen wollte. Es ist bis heute aber leer und bei der Idee geblieben. Frau Trunk hatte 2011 meine Aufzeichnungen vom Diktiergerät in einem word – Dokument festgehalten. Aber selbst ein Tagebuch führen? Das war nur eine kurzfristige Idee und passt nicht zu einem Mann, das ist Frauensache. Mir reichten meine Aufnahmen.

Zuhause angekommen wurde mir dann auch schnell klar, dass ich wohl wirklich besser weggeblieben wäre, denn die Reaktion meiner Mutter war verheerend gewesen. Anstatt mich vielleicht mal in den Arm zu nehmen, fiel ihr nichts Besseres ein als mir mit dem Bettklopfer Gehorsam beizubringen. Und dieses Mal hatte sie so zugelangt, dass ich mich zwei Tage später noch nicht auf den Rücken legen konnte. „Du Nichtsnutz, nichts als Sorgen kannst Du mir bereiten", ließ sie mich zwischen den einzelnen Schlägen wissen, „meinst Du wirklich, ich würde Dich gerne schlagen? Meinst Du nicht, ich hätte nicht auch lieber einen Sohn, auf den ich stolz sein könnte? Stattdessen blicke ich jeden Morgen in das Gesicht meines Sohnes, von dem ich weiß, dass es mich spätestens am Abend mindestens ein Mal enttäuscht hat!" Zack, und der nächste Schlag saß. Selbst das Schreien unterdrückte ich mir, weil sie mir sonst auch noch die Nachbarn vorgeworfen hätte, die sie sonst als nette junge

Dame kannten – also die meisten zumindest. Peter und Paul, nicht ganz dumm, hatten mich in den nächsten Tagen nicht besucht, da sie wussten, dass meine Mutter mit Vorsicht zu genießen war. Nicht, dass sie es selbst schon einmal mitbekommen hätten, aber die Mütter untereinander erzählten sich manchmal komische Dinge über sie, so dass die Kinder im Viertel ihr allgemein mit dem entsprechenden Respekt entgegentraten. Und ich trug die darauffolgenden Monate nach der „Ich-reiß-Dir-deine-Haare-raus"-Aktion eine Mütze, was aber auch niemanden weiter auffiel, da mich sowieso fast niemand beachtete.

Und Julia fällt mir an der Stelle wieder ein. Ich dachte an dem Tag, als sie mir 2003 von ihrer Schwangerschaft erzählt hatte, mich erst einmal verhört zu haben. Von Kindern hatten wir noch nicht gesprochen.

Armer Tobias, hätte der eine oder andere über mich denken können, aber was bringt es zu jammern? Es war wie es war. Und an dem Tag war viel im Kopf. Frau Trunk hätte mir auf Grund eines durch Stress ausgelösten geringen Stresspegels wahrscheinlich schon mit Zink und Sportempfehlungen zu helfen gewusst.

Peter und Paul sind heute noch meine Freunde, ich muss keine Matheaufgaben mehr für die beiden lösen, und von Zeit zu Zeit laden sie mich noch dazu ein, mit ihnen ein Bier trinken zu gehen. Ich lasse mir diese Termine nicht nehmen, da ich mich dann auch heute noch dazu gehörig fühle und die Treffen mein Selbstbewusstsein ein Stück anheben. Damals, also 2003 hatten Peter und Paul mich für den Abend zu einem Biertreff eingeladen gehabt, zu dem ich auch gegangen war. Ich hatte mich nach Julias Abgang für den Abend weiter fertig gemacht und sie saß 600 Meter weiter weinend und zitternd auf einer Bank und wusste nicht wohin mit sich, wie sie mir später erzählte. Sie sah ja von der Bank aus, dass noch Licht in der Wohnung brannte. Keine ihrer Freundinnen konnte sie anrufen, weil keine ihrer Freundinnen von mir viel hielt. Deshalb hätte sie außer Beleidigungen auch nur wenig erwarten können. Gedanklich an diesem Punkt angekommen, blieb für Julia also nur noch Judith, wie ich später erfahren habe. Die hatte Julia vor ein paar Monaten beim Einkaufen kennengelernt. Judith war eine jener jungen Frauen, die genau wusste, was sie vom Leben wollte. Judith, der anscheinend niemand ein X für ein U vormachen konnte. Zumindest wirkte sie so auf mich. Zweimal klingeln, so schnell wie Judith war, was sie auch schon am Telefon: „Frau Schumacher, was rufst du an?“, lachte sie ins Telefon. Als sie jedoch bemerkte, dass keine Reaktion von Julia kam, verstand sie, dass etwas nicht zu stimmen schien. Julia – zu keinem

Wort zu sprechen fähig – schluchzte leise vor sich hin. Die forsche Judith am anderen Ende verlor fast die Nerven. „Julia!...". Julia legte wieder auf. Keine zehn Sekunden später klingelte ihr Handy. Sie ließ es klingen. Was sollte sie Judith erzählen? „Tobias hat mich gerade in die Ecke geschmissen." oder besser „Tobias hat seine Fassung verloren." So saß sie noch eine ganze Weile auf der Bank, versuchte zu verstehen, was gerade geschehen war und verstand es nicht, wie sie mir später ihre Fassung des Ereignisses darstellte, und ihr Telefon klingelte weiter. Ich hatte mir daheim ausnahmsweise einen Ramazotti gegönnt, um noch die 30 Minuten bis zum Treff zu überbrücken. Warten. Warten. Warten. Und ich wartete wieder. Etwas irritiert über mich selbst und die Zeit, in der ich normalerweise keinen Alkohol trank, kippte ich das erste Glas. „Warum hast du mich nur so provoziert?", dachte ich dabei an Julia. „Ehrlich Julia, war das nötig, ich habe noch nie jemanden geschlagen und dann so ein Mist!" Ich gönnte mir ein zweites Glas und war mir schon beim ersten Schluck nicht mehr sicher darüber gewesen, ob es das letzte für den Abend gewesen sein würde. Ich kam innerlich einfach auf kein normales Level. „Was soll ich nur machen, wenn ich jetzt stehen bleibe? Peter und Paul werde ich bestimmt nichts erzählen." Meine Gedanken tanzten Tango mit mir. „Soll ich heute Abend besser ganz absagen?" „Schluss", sagte das Telefon, das klingelte, „geh hin und reiß dich zusammen!" Mit Julia als Anrufende rechnete ich nicht. Es war Paul. „Hallo Paul." „Hallo Tobias." „Ich rufe Dich wegen später an. Es wird wohl eine halbe Stunde später werden, da ich noch einmal kurz in die Firma muss." „Kein Problem. Dann erledige ich schon einmal die Sachen für morgen Früh." „Alles klar, dann bis gleich." Peter und Paul wohnten schon seit ihrem Studium zusammen, besser gesagt seitdem Paul zu studieren begonnen hatte. Er hatte nach seinem Abitur mit Technikwissenschaften begonnen, Peter hatte nach dem Abitur eine Ausbildung gewählt. Ich wollte nach 13 Jahren Schule nirgends fest arbeiten und lebte einige Jahre von Nebenjobs. Diese fand ich oft im Promotion-Bereich, wo man gut verdiente. Trotz der unterschiedlichen Lebenswege waren Peter und Paul immer meine Freunde geblieben. Peter wollte schon seit seiner Jugend technischer Zeichner werden, und da seine Eltern einen Architekten gut kannten, hatte er das Glück, auch gleich eine Ausbildungsstelle bekommen zu haben. Obwohl es zu der Zeit für Jugendliche sowieso nicht besonders schwierig gewesen war, eine Ausbildung zu bekommen, da noch genügend Plätze vorhanden waren. Es war Mitte der Achtziger und Peter musste eigentlich nur eine Bewerbung schreiben, um eine Stelle zu bekommen. Paul musste sich damals an der Universität für seinen Studienplatz noch nicht bewerben, sondern nur einschreiben. Und die beiden waren dann zu Beginn ihrer Ausbildung beziehungsweise ihres Studiums zusammengezogen. Ich kannte es gar nicht anders. Sie waren eben gute Freunde und verstanden sich gut. Und da sie bisher noch nicht die Richtige gefunden hatten, wohnten sie eben zusammen und grasten Schnitten für schöne Abende ab. Beide waren um die 30 und es schien ihnen zu gefallen. Außerdem lebte es sich zu zweit bestimmt besser als allein, das konnte ich verstehen. Also meistens, wenn mich Julia gerade nicht nervte. „Die können sich von Ihrer Frau wenigstens nicht ärgern lassen", dachte ich mir. Ich wusste jetzt wirklich nichts mehr mit der Zeit anzufangen, da ich eigentlich nur noch raus wollte. Komischerweise machte ich mir über Julia keine Gedanken. Ich fragte mich nicht, wo sie sein könnte, oder wie es ihr wohl ging. Julia erzählte mir 2003 ein paar Tage nach dem Spektakel den weiteren Verlauf ihres Abends. Sie war lange einfach nur auf der Bank gesessen, und hatte sich währenddessen dazu entschlossen, doch noch einmal bei Judith anzurufen. Da musste sie nicht mal den zweiten Klingelton abwarten, um Judith wieder am Telefon zu haben. „Julia, was ist denn los? Mensch, ich habe mir wirklich Sorgen gemacht." „Nichts ist los. Es geht mir heute nicht

43

besonders und dann hat vorhin auch noch mein Handy gesponnen." „Ja, aber was ist passiert?" „Eigentlich ist wirklich nichts passiert. Mir geht es heute einfach nicht so wie an anderen Tagen. Weibliche Verstimmung würde ich sagen", bemühte sie sich um ein Lachen. „Das kenne ich. Hatte ich gerade gestern als ich meine Tage bekommen habe. Das hat zuerst mein Mann, dann mein Wellensittich und zu guter Letzt auch noch mein Sohn gespürt." Julia lachte etwas gekünstelt ins Telefon. „Alles klar, mir geht es heute also nicht schlechter als dir wahrscheinlich gestern." „Julia, weißt Du, was komisch ist? Dass ich das Gefühl habe, Dir nicht glauben zu können. Ich denke du hast mehr als einen Frauenblues. Ist mit Tobias alles in Ordnung?" „Mit Tobias und mir ist alles okay, ich habe ihn heute noch gar nicht gesehen. Der trifft sich mit seinen Freunden heute Abend." „Ja, aber kann es vielleicht sein, dass Du ihn vermisst?" Schallendes Gelächter von der Bank. „Judith, ich bitte Dich, wir sind doch keine 15 mehr. Ich habe ihn heute Morgen um Acht das letzte Mal gesehen." „Wenn Du meinst… Oder stopp, ist etwas auf Arbeit?" „Nein Judith, komm höre jetzt auf, ich habe Dir gesagt, dass nichts ist. Ich hatte heute einfach einen komischen Tag und hätte so eigentlich gar nicht bei Dir anrufen sollen." „Natürlich sollst Du mich anrufen, wenn was ist", entrüstete sich Judith, „Du weißt doch, ich bin immer für Dich da." „Ja, das weiß ich schon, sonst hätte ich sicher nicht angerufen, aber es war eigentlich nicht nötig gewesen und tut mir leid, wenn Du Dir jetzt Sorgen gemacht hast." Da musste Judith kichern. „Julia, wir kennen uns vielleicht noch nicht lange, aber nur fürs Protokoll: für meine Freunde habe ich immer Zeit – außer Juan schläft tief und fest und Carlos sucht etwas männliche Nähe." Frauenpower am Telefon, sie mussten nicht mehr viel sprechen, lachten nur noch und als Julia auflegte, fühlte sie sich besser. Sie wusste nicht genau warum, aber es war ihr auch egal. Wenn sie jetzt in das Fenster unserer Wohnung sah, dann brannte immer noch Licht, sie wusste nicht, wie lange ich noch daheim bleiben wollte. „Eigentlich treffen sie sich doch immer um halb Acht. Hoffentlich ist heute Abend nichts dazwischen gekommen", dachte sie sich und wollte, dass ich endlich gehe, wie sie mich später wissen ließ.

Und heute Abend sehe ich viele Jahre später noch ihren drohenden Zeigefinger vor mir, der mich 2011 dazu gebracht hatte, ruhigzubleiben. Keine Wiederholung von 2003 mehr. Ich hatte dazu gelernt.

Wie mir beim Lesen auffällt ist meine 5. Februar 2011 – Aufnahme größtenteils eine Reise in die Vergangenheit gewesen. Julia muss immenses Vertrauen zu mir gehabt haben, dass ich auch ihren Blick auf den Streit so gut kenne.

„4"

15. April 2011

Da liegt mein Diktiergerät monatelang im Schrank und heute hole ich es wieder raus. Es wird nichts damit, täglich oder wöchentlich meine Gedanken verbal festzuhalten. Ist heute in knapp vier Monaten Diktiergerät – Dasein nun das dritte Mal in Gebrauch. Okay, könnte auch weniger sein, aber ich nehme es wie es ist.

Wenn ich mir die zwei Aufnahmen jetzt noch einmal anhöre, springe ich zwischen Vergangenheit und Gegenwart hin und her. Das eine bedingt oft genug das andere, auch wenn ich mir dessen in dem Moment, in dem etwas passiert, nicht bewusst bin. Aber naja, jetzt habe ich das Diktiergerät die letzten Monate links liegen lassen und muss es heute für eine Aufnahme nutzen, weil ich den Tag ganz einfach nicht verstehe. Tausend Fragezeichen schwirren um meinen Kopf.

Als der Wecker heute Morgen klingelt, zieht schon ein ungutes Gefühl durchs unser Schlafzimmer. Ich stehe auf und trinke einen Kaffee. Julia Ist schon in der Küche, um Paula und Anna Kaba zu machen. Mein Gefühl ist nicht gut und ich weiß nicht warum – oder doch, das ist gelogen. Ich weiß es: meine Arbeit erdrückt mich. Von rechts und links zerrt sie an mir und zieht mich immer tiefer. Ich fühle mich scheiße. Ich rieche Julia schon als ich durch den Flur laufe und mich eine Julia-Welle packt, sodass ich sie in einem intuitiven Anflug direkt an mich ziehen will, aber irgendetwas stoppt mich. Für Küsse am Morgen ist normalerweise keine Zeit, für Küsse am Abend sind wir beide meist zu müde. Ganz frei von Interpretationen betrachtet, küssen wir uns eigentlich gar nicht mehr. Ich weiß nicht, wie oft die Mädels uns in liebevoller Umarmung sehen. „Mama und Papa machen so was nicht", könnten beide gemeinsam singen, „Mama und Papa haben sich aber lieb." Sex steht nicht mehr so oft auf dem Programm wie früher – wie auch? Zwei Töchter, die Arbeit, wir sind schließlich keine 18 mehr. Ich glaube, wir haben beide akzeptiert, dass es wegen der Kinder, Steuer und so Mist besser ist, zusammenzubleiben. Ich schaue auf die Uhr. Ich muss 7.31 Uhr an der Haltestelle sein, sonst komme ich zu spät zur Arbeit. Und wie sähe das vor meinem Chef Friedrich Erhart aus? Ich verstehe mich ganz gut mit ihm. Ich habe nicht das Gefühl, dass Erhart mir böses will, da ich mich ihm gegenüber immer loyal verhalte. Und genau deshalb verstehe ich mich wahrscheinlich auch so gut mit ihm. Ich greife seine Machtposition in keiner Weise an und akzeptiere das, was zu akzeptieren ist: er ist der Chef und ich sein Angestellter. Erhart kann auch anders, das weiß ich. Er kann sehr ungerecht werden, und Kollegen für Dinge verantwortlich machen, wofür sie eigentlich nichts können. Aber er ist eben der Chef im Ring. Angestellte sind Lichter, weder klein noch groß, größtenteils zur Neutralität verdammt. Seine eigene Meinung einbringen ist nicht erwünscht, weil laut ihm nicht nötig. Das Denken soll man schließlich denen überlassen, die dafür bezahlt werden. Nicht umsonst ist der Chef der Chef. Und die Angestellten sollen sich eben um das kümmern, was sie am besten können, sie sollen ihre täglich anfallenden Aufgaben verrichten, ohne lange darüber nachzudenken, ob ihre Arbeit qualitativ den eigenen Ansprüchen genügt oder nicht. Diese wertlosen Gedanken können eine Firma unter Umständen wertvolle Minuten Arbeitszeit vom einzelnen kosten. Nachdenken ist für mich in der letzten Zeit zu einem Übel geworden, dem ich am liebsten aus dem Weg gehe. Früher als Kind dachte ich nicht viel. Zum einen motivierte mich die Erziehung meiner Mutter nicht unbedingt dazu und zum anderen war ich ob meiner kindlichen Situation und den Problemen, die ich meiner Mutter bereitete, sowieso oft nicht gut gestimmt. Das ging dann auch gerade so weiter bis in die Pubertät und ich kam meiner Meinung nach gut zurecht, zumindest ging es mir an Tagen des Luftblasengehirns gut.

Max ist für mich aktuell zum Beispiel einer von denen, der denkt und trotzdem gute Laune hat.

Okay, er nervt mich manchmal mit seiner ewig guten Laune, aber er kommt allgemein gut an. Er ist ein aufgeschlossener Typ, den in der Abteilung ob seiner Art jeder leiden kann. Er verrichtet seine Arbeit ordentlich, macht wenige Fehler und sucht keinen Streit. Max ist mit seinen knapp 30 manchmal vielleicht noch kindisch provokativ, aber sonst ganz harmlos. Noch keinen Tag habe ich mitbekommen, dass er Kollegen absichtlich abgezogen hätte. Und ich denke, dass er aus Chefsicht gerade deshalb einfach unrentabel ist, da er zu selbstsicher und gleichzeitig neutral wirkt. Ich – nicht dumm – weiß, wie ich mich Erhart gegenüber zu verhalten habe. Ich darf nicht so selbstbewusst wie Max wirken, denn das gefällt Erhart nicht. Und mir fällt das auch nicht schwer, da ich bekannter Weise nicht das top Selbstbewusstsein habe. Ich muss also nur ich selbst sein und komme in der Folge gut mit Erhart aus. Meine Uhr zeigt 7.31 Uhr, die 3 fährt an und ich steige ein. Die Bahn ist voll und ich stelle mich hinter eine Gruppe von vier Männern, die sich anscheinend kennen. Ich höre dem Herrn mit schwarzem Schal zu, der gerade spricht. „Wir müssen gar nicht so weit gehen, in Deutschland passiert schon genug. Habt ihr mitbekommen, dass medpex Kurzarbeit fahren will? Hunderte von Arbeitern, die sich nun warm anziehen können." Einsatzsignal für den Herrn mit dem grauen Mantel aus der Gruppe: „Da sind bestimmt genügend mit Familien dabei. Da wirst Du jetzt noch dafür bestraft, wenn Du eine Familie hast, weil die Angst vor Arbeitsplatzverlust dann noch größer ist. Die jahrelang hohen Ziele einer Familie, eines Hauses und eines Autos können einem zum Verhängnis werden. Da glaubt man, all die Jahre in die richtige Richtung zu laufen, alles richtig zu machen und dann das: Arbeitsplatz in Gefahr – von jetzt auf nachher und das erbaute Glücksrad kann zusammenbrechen. Das ist vor allem für die mit privater Verantwortung ein Problem." Die anderen zwei aus der Gruppe schauen sich an. Die Straßenbahn ist zum Brechen voll. Keiner der anderen Gäste bekommt von dem Gespräch etwas mit. Vor allem sind es zu 70 Prozent vorwiegend Leute der U 20 – Generation und die sind mit den latest news und ihrem Handy beschäftigt. Plötzlich meldet sich der dritte der vier Herren zu Wort: „Okay, wenn ich Folgerungen aus deiner Aussage ziehe, dann sagst Du, dass Familie und Eigentum verpflichtet und, dass die, die nichts davon haben und denen nichts davon gehört, dass die auch viel weniger zu befürchten haben, oder?", schaut er den grauen Mantelträger an, der nichts darauf sagt und der Vierte der Gruppe lacht: „Dann gehöre ich laut euren Aussagen ohne Beziehung, ohne Kinder, Haus oder sonst etwas ja zu den Glücklichen." „Mach mal langsam, Herr Lustig", bremst ihn da der schwarze Schaltträger wieder, „zwischen nichts haben und nichts haben ist ein kleiner Unterschied. Wenn jemand wirklich nichts hat, dann möchte ich mit demjenigen ehrlich nicht tauschen. Hat er aber so wie du nur keine Familie und kein Haus, dafür aber kurze Beziehungen und eine große Wohnung zur Miete, hat er für mich immer noch mehr als nichts. Mein Bruder hat zum Beispiel seit Jahren auch eine Freundin, die mehr als nur seine Mätresse ist, fliegt mit dieser zwei, drei Mal im Jahr in Urlaub, und bei seiner Wiederkehr in Deutschland landet er sozusagen direkt in einer geräumigen 4-Zimmer-Wohnung, die ihm zwar nicht gehört, für die er eine hohe Miete zahlt, aber für die er auch sonst keine Kosten zu tragen hat." „Und was willst Du damit sagen?", will der Herr in der Gruppe ohne Verpflichtungen von dem Schaltträger jetzt genauer wissen. „Ich will damit sagen, dass es ihm wie dir geht, er vielleicht keine Familie und auch kein räumliches Eigentum hat, aber dafür besitzt er trotzdem mehr als der ein oder andere. Und vor allem rennt er bestimmt nicht jeden Tag drei Mal an seinen Rechner, um online seine Kontoauszüge zu prüfen, weil die nächsten drei Rechnungen ihm schon wieder den Schlaf rauben." Der Dritte, der noch nicht viel gesprochen hat, hebt da seine Hand: „Mir kann das eigentlich alles egal sein, aber wenn ich dir zuhöre, muss ich sagen, dass nach dir anscheinend das Vorurteil im hermeneutischen Zirkel benannt ist", schaute er den schwarzen Schaltträger an, „und auch wenn ich nichts von verpflichtenden Reichtümern habe, muss ich dich fragen: meinst du, dass jeder mit Eigentum oder Familie drei Mal am Tag seinen Kontostand überprüft? Hör besser auf, von dir auf andere zu schließen", und klopft ihm auf die Schulter. Der Herr lächelt etwas gequält: " Oh Gott, oh Gott... Ich habe mich vielleicht nicht besonders klug ausgedrückt. Natürlich möchte ich keinen angreifen. Ich habe eine Familie und ein Haus und dafür gehe ich auch jeden Morgen gerne arbeite und freue mich abends nach Hause zu kommen. Vielleicht kann ich nicht zweimal im Urlaub fahren und vielleicht habe ich weniger Geld zur Verfügung, aber..." „Aber...?", runzelt der Dritte die Stirn. „Ich weiß es nicht aber..." „Ah...!" Jetzt mischt sich der vierte Herr wieder ein: "Ihr müsstet euch mal zuhören", lacht er, „wie ihr um euer Ansehen kämpft: vielleicht solltet ihr in den Ring steigen, da ihr hier keine Lösung mehr findet." „Wir brauchen auch keine Lösung", fährt der schwarze Schaltträger wieder dazwischen, „wir führen lediglich ein Gespräch unter Männern." „Okay, ich gehöre auch zu der Spezies", grinst Nummer 4 der Gruppe weiter, „aber diese Art von Männergesprächen brauche ich nicht. Ich stehe jetzt auf, die Bahn hält eh gleich."

Er steht auf und geht, Nummer 3 folgt ihm und nickt bejahend. Zurück bleiben wieder der schwarze Schal und der graue Mantel. „Weißt Du, bezeichne mich von mir aus als konservativ. Aber schon mein Vater war der Alleinverdiener bei uns zu Hause und ich denke, er hat es keinen Tag bereut, eine Frau und zwei Kinder zu haben", macht der schwarze Schal weiter. „Hat dieses Lebensmodell denn einer von uns oder du selbst angegriffen?" „Nein, ich will es ja nur noch anmerken." „Was hat dein Vater denn gemacht?" „Der war Abteilungsleiter in einer Firma für Elektrotechnik. Er hat zwar manches Mal Überstunden machen müssen, aber er war zufrieden." „Und was hat er mit euch Kindern gemacht?" „Du weißt doch wie das früher war: Da haben sich die Frauen um die Kinder gekümmert, die waren ja auch zuhause. Und mein Vater hat wie alle Männer dafür gesorgt, dass das Geld heimkam. Aber in erster Linie hat sich doch meine Mutter um uns gekümmert. Deshalb war mein Vater aber noch lange kein schlechter und aufgrund seines Gehalts war ich bei jedem Landschulheim dabei." „Das ist schön zu hören und heute ja eigentlich normal." „Du sagst es: Eigentlich… Warten wir mal ab, was die Zeit noch bringen wird." „Da hast Du Recht, warten wir es ab", brechen die beiden ihre Unterhaltung ab und die Klingel kündigt ihren Ausstiegspunkt an. Zurück bleibe ich, da ich erst zwei Haltestellen später in der Gutleutstraße raus muss. Ich habe das ganze Gespräch mitbekommen, aber weiß nicht, was ich davon halten soll, also drehe ich meine Gedanken und überlege mir, ob ich noch beim Bäcker vorbeigehe. Das Viertel ist ein beliebter Dienstleistungsstandort. Die unterschiedlichsten Dienstleister haben sich dort in den letzten Jahren angesammelt. Als FDV vor ein paar Jahren von den Amerikanern Steps übernommen wurde, hatten viele unsere Mitarbeiter Angst um ihren Arbeitsplatz gehabt, ich auch. Die Amis hatten aber von Anfang an zugesagt, dass sie die Arbeitsplätze halten würden, und diesem Versprechen sind sie auch nachgekommen. Es kam sogar noch viel besser, statt Arbeitsplatzverlust wurden in den nächsten Jahren noch einmal weitere 14 neue Arbeitsplätze geschaffen und wir sind heute 45 Angestellte am Standort Frankfurt. Meine Firma beschäftigt sich mit Versicherungen. Die Angestellten sind entweder am Telefon oder im Außendienst tätig, um Bestandsunden zufriedenzustellen und potenzielle Kunden von den Vorzügen FDVs zu überzeugen. Natürlich gibt es auch Tage, an denen ich nicht gerne zur Arbeit gehe, das habe ich vielleicht schon einmal erwähnt, aber es gibt auch gute Momente und gute Kunden, die sich über einen erfolgreichen Abschluss mit mir freuen. Das Leben ist kein Ponyhof, pflegte meine Mutter schon zu sagen, aber manches Mal kommt das ein oder andere Pony wenigstens einmal kurz vorbeigetrabt, man muss es nur wahrnehmen. Es kommt zwar nicht täglich vor, aber Glück begegnet einem schließlich auch nicht ständig, und wenn es sich manches Mal dann doch verirrt, dann bin ich zwar mehr oder weniger überrascht darüber, aber will mich dann nicht beschweren. Erhart will heute eine kurze Rede halten und ich bin schon gespannt, wahrscheinlich auch deshalb mit so einem komischen Gefühl wachgeworden. Für die Rede lässt die Firma sogar Kaffee und Kuchen kommen und ich bin neugierig, was kommen wird. Die Bahn kommt an meinem Ausstiegspunkt an und mit mir steigen noch knapp 20 andere aus. Ich sehe hinter der Schiene drei Menschen bei einer Frau stehen. Die versucht sich auf Kisten stehend Gehör zu verschaffen. Um den kleinen Kreis herum laufen zwei Liliputaner mit zwei großen Trommeln. Und sie trommeln, sie trommeln jede Pause, die sich die Kistendame gönnt. Sie trommeln zu laut für Montagmorgen. Aber sie trommeln. Sie nehmen ihren Job ernst und ich muss dort vorbei.„Was bringt einen normalen Menschen nur dazu, sich morgens auf einer Kiste auf die Straße zu stellen und sich dessen bewusst zu sein, dass einem eigentlich eh keiner zuhört?", denke ich mir. Ich beobachte das Ganze im Vorbeilaufen und höre der Frau zu. „Und was bedeutet es

58

in der heutigen Zeit zu leben? Freiheit ? Reichtum? Sicherheit? Wir wissen es doch alle: Das ist eine Lüge, die immer mehr ans Licht kommt…" Trommeln – Trommeln – Trommeln. „Am meisten dürften es die DDRler gespürt haben. 1989 in die große Freiheit gekommen. Die ganze Welt hat sich mit ihnen gefreut. Und nach den 100 DM Begrüßungsgeld kam ganz schnell weiteres aus dem Westen angeflogen: Die Halbkaputten, die sich mit der Naivität der Ossis sanieren wollten und dann die, die ihnen zeigten, dass die Vollbeschäftigung im Osten nur ein schlechter Witz war. Dann kam die Marktwirtschaft…" Trommeln – Trommeln – Trommeln. „Und was hat sie gemacht? Aufgeräumt hat sie, sage ich Ihnen…" Obwohl mein Weg bis zu FDV nicht weit ist, laufe ich immer langsamer und merke es nicht einmal. „Ja, und heute? Heute gönnen wir uns Verstaatlichung, wenn es nötig ist…" Künstliche Pause – Künstliches Lachen und wieder Trommeln – Trommeln – Trommeln und ich bin da. In der Firma angekommen, inspiziere ich erst einmal die Lage von meinem Arbeitsplatz, Tisch Nr. 14, aus und versuche anzukommen, aber das ist gar nicht so leicht wie gedacht. Das Ankommen ist jeden Tag aufs Neue nötig. Selbst wo ich meinen Platz jetzt schon seit vielen Jahren kenne, muss ich trotzdem doch jeden Morgen neu ankommen. Die Grinsekatze kommt an meinen Tisch vorbei. „Guten Morgen Kumpel, alles klar bei dir?" „Hallo Max, alles klar, und bei dir?" „Ich kann mich nicht beschweren. Habe mir auf dem Weg noch einen caramel Macchiato gegönnt", lacht er mich an. „Damit kann man einsteigen", sehe ich ihn an, hebe meinen Daumen und drehe mich um. „Wir sehen uns, ich muss einiges erledigen." „Schade", kann Max gerade noch loswerden bevor ich schon davongelaufen bin. Nicht dass ich neidisch bin, ich gönne ihm seinen Kaffee. Pünktlich 8.30 Uhr klingelt die große Glocke, die in den Kölner Dom von der Lautstärke hätte passen können, und alle machen sich auf den Weg. Es kommt mir vor wie in einem Ameisenhaufen. Wir sind so konditioniert, dass es scheint, als würde sich beim Läuten ein Haufen Arbeiterameisen mit einem Schlag auf den Weg machen. Stromstöße hätten uns Angestellte wahrscheinlich nicht schneller dazu bringen können aufzustehen. Max setzt sich wieder neben mich. Wir sind eben egal wie ein Team. Es dauert noch fünf Minuten bis schließlich alle sitzen und Erhart aufsteht. Er wirkt heute irgendwie noch kleiner und gedrungener als sonst. Ich verstehe gar nicht warum. Ist es seine neue Frisur? Ich habe ihn doch vor drei Tagen erst das letzte Mal gesehen. Trotzdem sieht er irgendwie komisch aus. Erhart greift auf den Tisch vor sich, erhebt das Glas und prostet der Menge entgegen: „Guten Morgen meine

Damen und Herren, wir starten in eine neue Woche. Ich hoffe, dass sie gut verlaufen wird", lächelt Ehrhard süffisant in die Runde und spricht weiter, „wissen Sie, selbst in Zeiten wie diesen, in dienen vieles ungewiss erscheint, möchte ich doch hoffen, dass wir im Kreise der Firma weiter zusammenhalten. FDV möchte Ihnen das geben, was sie so wichtig brauchen: Ihren Arbeitsplatz. Der Arbeitsplatz, der Ihnen Ihr Einkommen sichert, um sich Ihre Wünsche erfüllen zu können, um beispielsweise ihre Kinder auf gute Schulen schicken und sich Urlaub gönnen zu können." Ich rechne nach: Drei Punkte hat Erhart genannt – einer davon trifft auf mich schon einmal nicht zu, in Urlaub muss ich nicht unbedingt. Und vor allem frage ich mich, warum er heute damit ankommt. Erhart räuspert sich. „Als FDV vor mittlerweile fast genau zehn Jahren von Steps übernommen worden ist, hatten einige unter ihnen Angst gehabt, ihren Arbeitsplatz verlieren zu können und was ist stattdessen geschehen? Ich frage Sie, was ist geschehen? Neue Plätze sind dazugekommen! Und so möchten wir uns von negativen Wirtschaftswellen nicht beeinflussen lassen und gemeinsam dafür arbeiten, dass Steps in Amerika auch dank FDV hier in Frankfurt stabil bleibt!" Künstliche Pause. Die Menge klatscht. Ich klatsche mit, ich weiß nicht, ob es automatisch passiert oder ob ich gut finde, was er sagt. Aber ich klatsche. Erhart wird vorne ein ganzes Stück größer. Er macht ein breiteres Kreuz, denn die Reaktion seiner Arbeitnehmer auf seine Rede scheint ihm zu gefallen. Außerdem muss er nachher noch im amerikanischen Mutterkonzern anrufen. „Also meine Lieben, Sie sind ein Teil der großen Familie, und FDV wird versuchen, dass die Familie nicht auseinanderbricht! Und um das zu schaffen, müssen wir alle unser Bestes geben. Bitte denken Sie daran, wenn Sie etwas an Motivation verlieren, dass Sie dazu gehören! Und weil Sie Teil der Firma sind, braucht die Firma Sie! Ich hoffe, dass Sie sich das Frühstück, das FDV gerne für Sie bereitgestellt hat, schmecken lassen! Einen guten Appetit!" Gleiche Situation wie fünf Minuten zuvor schon einmal: Es klatschen wieder alle. Man spürte so etwas wie Enthusiasmus in der Gruppe. Und ich verstehe immer noch nicht warum. Ich stehe auf, gehe zum Buffet und schenke mir die vierte Tasse Kaffee an diesem Morgen ein. Ist zwar kein Macchiato aber okay. Und was soll es, sich über die Menge an schon verkosteten Tassen aufzuregen, nur weil der Kaffee dem Körper Wasser entzieht? Hätten schließlich auch mehr sein können. Als ich am Nachmittag von der Arbeit nach Hause komme, muss ich die Türe noch nicht einmal aufschließen um festzustellen, dass der Rest der Familie schon zu Hause ist. Die 3 haben anscheinend ein Problem, denn Anna liegt strampelnd auf dem Boden und Julia ist hysterisch schreiend über Anna gebeugt. „Prima", denke ich mir, „genau zum richtigen Zeitpunkt heimgekommen." „Was ist denn hier los?" „Die Mama hat mich zu Unrecht beschuldigt, dass ich Paula geschlagen hätte", schreit Anna, die vor lauter Unrecht, das ihr anscheinend ihrer Meinung nach angetan wird, sich auf den Boden hat schmeißen müssen. An Julias Gesicht sehe ich, dass die Geschichte so nicht ganz stimmen kann, denn sie sieht mich genervt an und wartet genau wie Anna auf meine Reaktion. „Maus, was denkst Du denn von der Mama? Glaubst Du wirklich, dass die Mama so ungerecht sein könnte, und dich wegen Dingen beschuldigt, die Du gar nicht getan hast?" „Ja!", schreit sie, „ ich war es wirklich nicht! Paula hat mich zuerst getreten und dann erst habe ich das Kissen genommen und es ihr auf den Kopf geschlagen!" „Paula ist in ihrem Zimmer", schaut Julia mich an und ich gehe in die angesagte Richtung. Beim Öffnen der Türe erkenne ich schnell die Geschlagene. Sie liegt auf dem Bett und hebt ihren Kopf nicht aus dem Kissen. „Hallo Schatz!" Keine Reaktion seitens Paula. Ich gehe näher ans Bett, setze mich behutsam auf die Matratze und warte. „Schatz, was ist denn los?", probiere ich es noch einmal. „Papa, sie hat mir meinen neuen Lieblingsbleistift geklaut! Du musst Dir überlegen, wir sitzen zusammen am Tisch, machen Hausaufgaben und auf einmal sehe ich den Bleistift, den ich seit Tagen vermisse in ihrem Mäppchen!", schluchzt Paula auf dem Bett. „Bist Du Dir da sicher?" „Papa!", entrüstet sie sich jetzt auch bei mir, „ich saß ihr direkt gegenüber! Und ich habe vor einer Woche erst meine neue Brille bekommen." „Ist schon gut, meine Kleine. Ich hole jetzt Anna und dann soll sie uns sagen, warum sie den Stift genommen hat." Ich gehe raus und schnappe mir die Kleine, die nur widerwillig mit mir kommt. Hinter uns kommt noch Julia her. Jetzt stehen wir zu viert im Zimmer und ich weiß, dass ich jetzt das Problem lösen soll. Die Situation spiegelt große Erwartungen an den Vater wieder. Ich, Tobias der Vater, Tobias der Mann. „Anna, hast Du den Bleistift Deiner Schwester genommen?" Und schon schluchzt die Kleine so wild los, dass sie die Antwort gegeben hat. „Ja, ich wollte doch auch so gerne einen rosa Bleistift haben, und die Mama hat gesagt, dass ich noch keinen neuen brauche… Und dann habe ich den von der Paula gesehen und wollte doch auch so einen Stift haben. Und vor zwei Tagen, als sie nicht hingesehen hat, habe ich mir den Stift schnell genommen…" „Du blöde Kuh, das ist meiner!" „Hallo", gehe ich dazwischen, „beleidigt wird hier niemand!" und wende mich Anna zu. „Du weißt ganz genau, dass Du Dinge von anderen nicht nehmen darfst, das ist gestohlen!" Und die Kleine schluchzt noch mehr: „Ich wollte doch auch so gerne einen rosa Stift, Papa... Hätte ihn die Mama doch nur gekauft!" „Ach so, jetzt bin ich noch schuld, wenn Du stiehlst?", schreit Julia Anna darauf an, die ihr sehr ähnlich sieht. „Papa, sag mir jetzt mal lieber, was bekommt die Anna jetzt als Strafe?", schaut Paula mich an. „Das werden die Mama und ich uns noch überlegen." Und Anna schluchzt noch viel mehr, jetzt ist sie fast gar nicht mehr zu beruhigen. Anna rennt aus dem Zimmer und weint hemmungslos. Weder Julia noch ich reagieren darauf, wir haben genug von der Kindererziehung für den Moment. Wir lassen das ganze Chaos an dieser Stelle Chaos sein, Kinder müssen schließlich auch mit Problemen umzugehen lernen und gehen in die Küche. Dort gieße ich mir erst einmal ein Glas Wasser ein und Julia bittet um ein weiteres für sich und fängt schon zu sprechen an, „Manchmal können Kinder einen ganz schön stressen." „Ich weiß, aber glaube mir, auf Arbeit ist es auch nicht viel schöner", schaffe ich es, das Thema schnell und unkompliziert wieder auf mich zu lenken. „Warum? War heute etwas?", versucht sie interessiert zu wirken, was sie aber gar nicht gemusst hätte, denn ich spreche schon von alleine weiter: „Erhart hat eine Ansprache gehalten, er und sein FDV. Du kannst Dir nicht vorstellen, wie es abging..." „Was hat er denn gesagt?" „Er wollte und er hat den FDV in den Himmel gehoben und uns erklärt, dass trotz Rezession, Wirtschaftskrise und weltweit schlechter Lage, uns nichts passieren würde, wenn wir uns als Teil der Familie sähen und uns immer eins vor Augen hielten: Verkaufen, verkaufen, verkaufen." „Oh je…" „Genau. Genau so kam ich mir vor zwischen den anderen, die in jeder künstlichen Pause Erharts klatschten und ich mich jetzt noch frage: War es ehrlich gemeint oder ging es ihnen einfach nur wie mir? Haben sie nur die Hände aufeinander geschlagen, weil sie dachten sie müssten?" „Schatz, ich glaube nicht, dass alle 45 im Raum so begeistert von ihm sind, dass sie solch eine Laudatio inszeniert hätten. Ehrlich…" Und schon wieder hören wir lautes Weinen aus dem Kinderzimmer und Julia verlässt die Küche, um nach den Kindern zu schauen. Ich bleibe: "Schatz, mach Du das bitte allein. Ich kann nicht mehr…" Und ich fühle mich in dem Moment gut. Habe ich doch gerade das Familienproblem gelöst. So gefalle ich mir am besten. Als Mann, der gebraucht wird. Welcher Mann hat das nicht gerne? Auch da bin ich wieder nur einer von vielen.

„5“

2. Mai 2011

Die Wochen sind seit der letzten Aufnahme vor sich hingeplätschert und heute muss ich mein Diktiergerät auspacken, da ich etwas erfahren habe. Mich überrascht eigentlich nichts mehr wirklich. Das Internet, die Zeitung, das Radio oder Fernsehen kommen jeden Tag mit neuen Meldungen: Mal wird verkündet, dass der Bund auf Rekordschulden zusteuert, mal, dass Deutschland beim Export den größten Einbruch seit Jahrzehnten erlebt. Gefühlt 100 verschiedene Informationen... Man muss sich heutzutage nicht anstrengen, um Neues zu erfahren, da die Neuigkeiten einem an jeder Ecke begegnen. Viele lassen sich von den schlechten Nachrichten verunsichern und sie sind in Sorge um ihr Leben, das sie haben. Ich gehöre auch dazu und frage mich, wo das alles noch hinführen soll? Das Geld wird für viele Menschen wieder zu einem bestimmenden Thema und sie schnüren den Gürtel enger. Das spüren viele Geschäfte wie auch die Banken. Zertifikate können sie noch wenige verkaufen nachdem es zu Rieseneinbrüchen gekommen ist, weshalb sie es jetzt nicht mehr Aktienanlage sondern Dachfonds nennen, um den Kunden im Endeffekt noch dasselbe Produkt zu verkaufen, ihnen aber das Gefühl zu geben, mehr Sicherheit zu haben. Zwei Prozent auf das Tagesgeldkonto, das ist nun viel, als Kunde erwartet man keine elf oder zwölf Prozent mehr bei risikobereiten Produkten, das ist Vergangenheit. Die Billig-Bäckereikette, die Brötchen für 19 Cent das Stück anbietet, hat Hochkonjunktur und die Kunden stehen wieder Schlange, um noch welche zu bekommen. Plötzlich ist es auch nicht mehr wichtig, beim teuersten Metzger der ganzen Stadt einzukaufen, weil die Qualität des Fleisches ach so gut ist. Jetzt zählt wieder das, was schon zu anderen Zeiten gegolten hat: das Geld zusammenhalten.

Die letzten Jahre ist die Flüchtlingskrise dazu gekommen und wenn ich das jetzt lese, frage ich mich, was sich verändert hat? Das Grundgefühl der Sorge und Angst anscheinend nicht. Das ist immer da, nur der Grund ändert sich.

So oder so ähnlich verhalten wir uns selbst. Julia hat unsere UNICEF-Mitgliedschaft gekündigt. Für ein Afrikaprojekt, für das wir die ganze Zeit acht Euro im Monat gezahlt haben, zahlen wir nicht weiter. Schließlich haben wir Paula und Anna, die Geld kosten. Warum sollen wir dann noch für Kinder in Afrika zahlen? Natürlich haben wir das früher gerne gemacht, aber realistisch betrachtet müssen wir unsere Ausgaben überdenken. Nicht dass es uns wirklich schlechter geht, aber wir fühlen uns als ob es so wäre. Jetzt muss auf der Banane nicht mehr unbedingt das Bio-Zeichen zu finden sein, dass wir sie gerne kaufen. Oder haben wir beim Eierkauf vor ein paar Monaten noch den Kauf von Legehennen in Batteriehaltung boykottiert, nachdem im Fernsehen die schreckliche Methode gezeigt worden ist, greifen wir aus Versehen beim Einkauf jetzt wieder nach der Schachtel. Irgendjemand klopft leise an die innere Tür und erinnert uns daran, dass wir damit über einen Euro sparen. Mich freut das. Ob mich die Neuigkeit, die Julia noch nicht rausgelassen hat freuen wird, ist aber mit einem Fragezeichen versehen. Eigentlich spricht sie immer alles mit mir ab, weil sie weiß, das es mir wichtig ist. Ich bin ein Zwilling – also zumindest was das Sternzeichen angeht. Ich habe ja in wenigen Tagen am 27. Mai Geburtstag und Julia hat sich dieses Jahr anscheinend etwas ganz Besonderes einfallen lassen. Ich habe mit keiner Überraschung gerechnet. Wochenlange Recherchen im Internet und Zusatztermine auf Arbeit hat sie für mein Geschenk anscheinend schon hinter sich gebracht. Dann die tagelange Ungewissheit, ob sie den Zuschlag für das Geschenk überhaupt bekommt, denn es gibt anscheinend mehrere Interessenten, wie sie mich einmal hat wissen lassen, ohne mehr zu sagen. Als sie dann mein Gesicht gesehen hat, dann hat sie nur gelacht und gemeint: „Mehr sage ich nicht. Lass dich überraschen." „Ist es ein

Tier?", frage ich mich, da ich in ihrem Schrank ein Haustier-Heft gefunden habe. Julia weiß, dass ich nicht besonders an Tieren hänge. Katzen sind mir zu selbstständig, Hunde zu langweilig und von Mäusen, Hamstern und Meerschweinchen halte ich wegen deren Größe nichts. Vor kurzem aber hat sie in einer Sendung anscheinend einen Hund gesehen, von dem sie sicher ist, dass er zu mir passt. Die Rasse, also eher ein Rassenmix, ist nicht zu groß und einer davon anscheinend mein Geburtstagsgeschenk. „Schatz, das mit deinem Geschenk klappt! Jetzt kann ich es dir ja sagen", lacht sie mich an der Tür an als ich heimkomme. „Okay", weiß ich nur zu sagen. „Weißt du, das ist ein ganz spezielles Exemplar", spricht sie weiter. „Ein besonderes Exemplar von was?", schaue ich sie an. „Also, ich weiß ja, dass du nicht unbedingt tierlieb bist, aber du wirkst oft gestresst, brauchst etwas um abzuschalten und ich habe etwas gefunden, das zu dir passt", strahlt sie weiter, „es nennt sich Bengariever. Da wurde ein Altdeutscher Tiger-Rüde mit einer Retrieverhündin gepaart und es hat geklappt", klatscht sie in die Hände, „eine tolle Zucht mit vielen Rüden im Wurf." Und ich zucke zusammen. Ein Hund, der mir ganz alleine gehören soll? Ein Hund für mich? „Julia, meinst du wirklich, dass das eine gute Idee ist?" „Da bin ich mir ganz sicher. Du brauchst ein wenig Ablenkung. Und wenn es nicht passen sollte, bin immer noch ich da", lässt sie sich nicht davon abbringen. „Mama, wann gehen wir auf den Spielplatz?", unterbricht Anna unser Gespräch. „Gleich", sieht Julia erst sie an und dann mich „vertraue mir einfach", gibt mir einen Kuss und geht. Ich nähere mich meinem 38. Geburtstag. Ein kluger Mann hat mir mal erklärt, dass das, was ein Mann bis 40 nicht erreicht hätte, auch nicht mehr erreichen wird. Ich habe mir bis dahin eigentlich noch keine Gedanken darüber gemacht, wie auch? Entweder bin ich mit meiner Arbeit beschäftigt, meinen beiden Töchtern oder eben meiner Frau – wobei mit der sicher am wenigsten. Paula und Anna? Um auf meine beiden Mädels zu kommen, Anna ist eine ganz Hübsche, sie ähnelt der Frau Mama, Paula hat genau wie ich in dem Alter eine Brille auf. Wenn ich nicht ihr Vater gewesen wäre, hätte ich wohl gesagt, dass es noch Schönere und Süßere in ihrem Alter gibt. Aber als Vater sehe ich ihre Schönheit natürlich. Wie hätte das auch anders sein sollen – sieht sie mir doch ähnlich. Ich bin auch nie einer der Schönsten gewesen. Hatte mich aber auch noch nie gestört, denn dafür war ich schlau genug, Schönheit als Wert schon in meiner Kindheit zurückzustellen. Und jetzt, eben viele Jahre später, habe ich täglich Paulas Gesicht vor Augen, das mich an meines erinnert. Objektiv betrachtet muss man sagen, dass der Wiedererkennungswert einfach phänomenal ist. Es sind zwar noch nicht viele Leute auf mich zugekommen, die ihr ach so süßes Aussehen hätten loben wollen, aber ich bin stolz auf sie und sie sind beide gute Töchter. Und dann komme ich abschließend noch einmal zu meinem Geburtstagsgeschenk. Hatte ich mit meiner Vermutung also Recht gehabt und ich bekomme einen Hund. Jetzt auch noch ein Hund, wo ich vorher schon fast keine Zeit für mich hatte. Ich kann es mir nicht vorstellen, wie das werden soll, denn der Hund braucht Aufmerksamkeit und ich bin mir nicht sicher, ob ich ihm die geben kann. Es fällt mir schon bei Menschen schwer, aber jetzt auch noch bei einem Hund? Ich hege gewaltige Zweifel, ob das etwas wird. Julia sagt ja, dass sie im Notfall da wäre und ich bin mir sicher, dass ich mich von dem Kläffer neben der Arbeit und meinen Ladys nicht noch zusätzlich unter Druck setzen lasse, weil er Aufmerksamkeit braucht. Den darf Julia dann übernehmen, wenn sie ihn so toll findet.

„6“

26. Mai 2011

Die drei Ladys haben schon in den Tagen vor meinem Geburtstag viel zu tun. Immer, wenn ich zur Tür hineinkomme wissen sie laut aufzuschreien und mich des Zimmers zu verweisen. Aussagen wie „Papa, geh raus und komme rein, wenn wir es dir sagen!" oder Fragen wie „Tobias, hast du nicht noch was in der Garage zu erledigen?" erreichen mich immer wieder. Höchste Geheimhaltungsstufe, obwohl ich schon weiß, dass ich einen Hund bekomme. Heute muss Julia dann sogar wegen meines Geschenks weg. Ich versuche es auszublenden, dass ich einen Hund bekomme, da ich mir einen Hund für mich nicht richtig vorstellen kann. Wir vier Schumachers gehen so gemeinsam getrennten Weges dem 27. Mai entgegen. „Papa, freust Du Dich schon auf morgen?", bombadiert Anna mich. „Ach Anna, ich bin ja schon etwas älter als Du, da ist der Geburtstag nicht mehr so wichtig." Betroffenes Gesicht auf ihrer Seite und Blick auf den Boden. „Dann meinst Du also, dass Paula und ich uns die ganze Woche umsonst angestrengt haben, als jede von uns ein Geschenk für Dich gebastelt hat, Papa?" „Nein, natürlich nicht. Ich freue mich doch immer wenn ihr mir etwas schenkt. Nur warte ich nicht so lange wie ihr auf diesen Tag. Das ist alles, Prinzessin." Und ich erinnere mich wieder an meine Geburtstage in Kindheitstagen. Weder meine Mutter noch sonst wer haben mir das Gefühl geben, den Tag feiern zu müssen nur weil ich da geboren worden bin. Da will Anna weiter Aufmerksamkeit: „Papa, und wenn ich Dir sage, dass hier etwas im Beutel nur für dich ist?" „Ohhh", dann muss ich Dich ganz fest durchkitzeln und hoffen, dass der Sack dabei auf den Boden fällt, dann kann ich es vielleicht schon heute sehen", schüttele ich sie. „Nein, Papa, hör auf", befreit sie sich und springt auf. „Und die Mama?" „Was ist mit der Mama?" „Freust du dich über ihr Geschenk?" Ich lache nur. „Oh Papa, sag doch einmal ehrlich", entrüstet sich die Kleine, „über einen Hund freut sich doch jeder!" „Na, jetzt machst Du mich aber selbst neugierig, das scheint ja richtig spannend zu werden, wenn der Kleine bei uns einläuft." Und ich muss zugeben, so langsam wirklich etwas wie Vorfreude und Spannung zu empfinden. Paula und Anna haben ausgemacht, mir nur eine Kleinigkeit zu schenken, weil sie ihr Geld lieber sparen wollen. Ist ja nur vernünftig. Und so wird es Abend, Julia ist immer noch nicht zuhause und ich lege mich mit Paula und Anna ins Bett, da wir morgen Früh alle fit sein wollen. Die 2 haben mich gebeten bei uns schlafen zu dürfen, dass sie morgen Früh auch gleich dabei sind, wenn ich in meinen fast 40. Geburtstag starte.

„7"

27. Mai 2011
Mein 38. Geburtstag

Die Stunden der Nacht vergehen und es ist soweit: mitteleuropäische Sommerzeit 6 Uhr morgens, der Wecker klingelt. Vier Personen im Bett biegen sich auf der Matratze hin und her und versuchen wach zu werden. Paula ist die erste. „Papa, ich möchte Dir zu Deinem Geburtstag gratulieren und drück Dich ganz fest", und kaum ausgesprochen, schmeißt sie sich auf mich und ich stöhne trotz ihres Leichtgewichtes auf. Schon springt Anna hinterher, da sie ihrer Schwester nicht alleine das Feld überlässt. Zack – landet sie auf meinen Beinen. Kaum habe ich mich von den Sprüngen erholt, springen die beiden auch schon aus dem Bett, um meine Geschenke zu holen. Zurück bleiben ich und Julia, die sich zu mir beugt und mir einen Kuss auf die Backe gibt. „Alles Gute Schatz, hoffe, dass Du ein schönes Jahr haben wirst", wünscht sie mir. „Vielen Dank." Es hat sich eine kühlere Atmosphäre zwischen uns eingestellt als eben noch bei meinen 2 Leichtgewichten, worüber aber weder ich noch sie hätten weiter nachdenken können, da Paula und Anna schon wieder zurückkommen. In der Hand voller Stolz jeweils ein Geschenk für mich: „Hier Papa, nur für Dich." Erst die eine, dann die andere. Erstaunlich diszipliniert. „Da bin ich jetzt aber mal richtig gespannt", nehme ich die beiden in Servietten eingepackten Päckchen entgegen und öffne sie. Heraus kommen zum einen ein bunt bemaltes Bild, das den Wald darstellt, in dem wir uns öfters aufhalten und weiter eine Kette, die Paula selbst gebastelt hat und die ich nun anziehen soll. Ich weiß nicht, warum ein Mann solch ein Geschenk bekommt, aber da ich meine 2 nicht enttäuschen will, ziehe ich sie über mein Armgelenk. „Und wie sieht es aus?", hebe ich meinen Arm mit der Kette hoch. „Schön, Papa, echt schön", dreht Paula sich um und steht auf. Und mit dem Verlassen des Bettes steigt meine Neugierde jetzt doch. Wann kommt mein Hund? In der Küche mache ich mir einen Kaffee, trinke eine unverzichtbare Frühstückstasse von, mache mir etwas Wasser ins Gesicht, verabschiede meine Hübschen für die Schule und mache mich selbst mit einem Mittagssnack auf den Weg. Julia sagt wegen meines Geschenks überhaupt nichts mehr und das gibt es wohl erst später. Okay, hätte sie mir vorher nichts von meinem zukünftigen Vierbeiner erzählt, würde ich die Zeit heute Morgen nicht mit Warten verbringen. Früher sind wir von der Firma aus noch zum Mittagstisch gegangen, aber da habe ich mich vor drei Monaten ausgeklinkt, weil Julia mir Brote mitgibt. Knapp einen Euro für die Stullen von zuhause ausgeben oder knapp sieben für ein Essen und das

Trinken machen auf den Monat gerechnet einen Unterschied.120 Euro im Monat kann ich so sparen, und das lohnt sich wie ich finde. „Schatz, willst Du heute an deinem Geburtstag nicht vielleicht doch einmal wieder mit deinen Kollegen essen gehen?", schaut Julia mich auf dem Weg zur Tür an. Ich verstehe die Frage nicht: „Warum sollte ich?" „Na, weil Du nur ein Mal im Jahr Geburtstag hast." „Ach Julia, und nur ein Mal im Jahr gehen sie zum Chinesen, nur einmal im Jahr bestellen sie etwas beim Lieferservice und nur einmal im Jahr haben auch die anderen Kollegen Geburtstag. Wenn ich das dann hochrechne, bin ich alles in allem auch ganz schnell bei knapp 40 Essen im Jahr. Nein, nein, das lasse ich mal lieber." „Okay", beendet Julia das Thema, „was denkst Du denn, wann Du heute Abend nach Hause kommen wirst? „Du weißt es doch. So wie immer eben. Dir ist doch klar, dass ich nicht früher aufhören kann, deshalb gehe ich pünktlich, wenn es 16 Uhr schlägt und kurz nach halb 5 sehen wir uns dann." Julia hat bis zu meiner Verabschiedung wirklich keine Anstalten gemacht, mir etwas sagen zu wollen. Ich muss zugeben, dass ich schon wissen möchte, wo der Kleine jetzt ist, aber lasse die Frage. Heute Abend werde ich ihn sehen. „Also Tschüss Schatz, wünsche Dir einen schönen Tag und freue mich heute Abend mit Dir und den Kindern feiern zu können. Dann bekommst du auch dein Geschenk, der Kleine wartet schon", lacht sie und dreht sich um. Das sind ihre letzten Worte und ich laufe leicht angeschlagen zu der Straßenbahn. „Da geht es dem Kleinen wie mir. Ich warte auch", geht es mir durch den Kopf. Max ist auf Arbeit der Erste, der auf mich zukommt, um mir zu gratulieren. „Tobias, ich gratuliere Dir zu Deinem Geburtstag", kurzer Händedruck, „habe heute Morgen schon an dich gedacht." „Vielen Dank Max." „Wie alt wirst Du denn nochmal?" „38." „Oh, dann erinnerst Du Dich bestimmt an die berühmte Sache mit der 40...", grinst er mich an. Jetzt erinnere ich mich, es ist Max gewesen, der mir das mit der gefühlten Mitte des Lebens und den dazugehörigen Gedanken erzählt hat. „Ja, ja, ich weiß. Aber ob ich daran glauben soll, das weiß ich nicht." Und schon kommt eine Schar wild schnatternder Frauen zu Tür herein. Keine der Damen kommt auf die Idee, mir zum Geburtstag zu gratulieren. Ich bekomme auch nicht mit, was gesagt wird und versuche an meinem Schreibtisch beschäftigt zu wirken. Gedanken, dass sie alle meinen Geburtstag anscheinend vergessen haben, verdränge ich. Und das obwohl es in dem für alle zugänglichen Kalender steht: 27. Mai Tobias Schumacher. In der Frühstückspause kommt Max zu mir: "Du glaubst es nicht!" „Was denn?", versuche ich einigermaßen teilnahmslos zu wirken. Max macht ein solch komisches Gesicht, dass sich ein mulmiges Gefühl in meiner Magengegend ausbreitet. Ich bin eher der Magen- als der Herz- oder Kopftyp. Probleme drücken sich darauf nieder. „Eben hast Du Dich noch gefragt, was die Frauen hier wollen. Ich sag es Dir. Jetzt hat also nicht nur medpex Kurzarbeit angekündigt. Nein, jetzt trifft es auch einen der Zulieferer. Eine schwedische Firma, deren Hauptabnehmer medpex war, muss jetzt auch die Hälfte ihrer Mitarbeiter entlassen. Vor einem knappen Monat beteuerte die Chefetage noch, dass sie alles probieren würden, um das zu vermeiden." Der Magen. Jetzt schlägt das Gefühl richtig zu. Das sitzt und ich muss auf Toilette. Zurückgekommen wartet Max immer noch auf mich: „Tobias, überleg doch mal selbst, wenn es jetzt die Zulieferer trifft, denkst Du dann nicht auch, dass sich die Wirtschaftskrise ihre Wellen noch weiter ausweitet? Jetzt werden die Privaten noch weniger Wert auf Absicherung legen und es eher unter ihr Nachtkissen packen als eine Versicherung abzuschließen." Mein Magen dreht sich weiter, aber ich lasse keine meiner Regungen nach außen. Ich habe es gelernt, Contenance zu wahren: „Max, bloß nichts überstürzen. Das sind doch alles nur Behauptungen. Und die Frauen haben heute Morgen wieder mal typisch weiblich hysterisch aufgedreht. Du bist doch ein Mann, lass Dich davon jetzt nicht anstecken!" „Ich kenne sie, Tobias und ich weiß, was Du meinst. Aber... oh Mann, ich weiß auch nicht..." Max verschwindet und ich wende mich wieder meinen Unterlagen zu. Nach außen ganz ruhig, tobt in mir die Verwüstung. Ich gehe in die Apotheke, um mir Durchfallhemmer zu holen und sie helfen mir. Als ich nach Hause gehe, habe ich fast vergessen, dass ich Geburtstag habe, noch nichts weiter gegessen, aber zwei weitere Tassen Kaffee getrunken, und meine drei Ladys und mein Geschenk ausgeblendet. Es schlägt 16 Uhr und ich packe zusammen. Keiner kam mehr zum Gratulieren auf mich zu. Die Arbeit endet so und als ich in die Straßenbahn steige, merke ich, dass ich eigentlich keine Lust habe nach Hause zu fahren, obwohl die vier Pfoten jetzt bestimmt schon auf mich warten. Ich liebe meine Familie, also vor allem Anna und Paula, aber manchmal gibt es Tage, da ist alles zum Davonlaufen, auch wenn man Geburtstag hat. Am liebsten wäre es mir heute, nicht nach Hause zu müssen. Einfach nur weggehen und nicht mehr zurückzukommen. Mein Geburtstag ist mir selbst fern. Die Straßenbahn erscheint mir noch kälter als sonst und Platz ist auch keiner mehr. Knapp zehn Minuten Fahrt und ich muss wieder raus. Ich steige aus und versuche mich auf das, was gleich kommen wird, ein zustellen, aber es will mir nicht recht gelingen. „Freude zeigen? Wie, wenn ich keine spüre? Freude, was ist das", frage ich mich beim nach Hause laufen. Und ich werde immer langsamer und komme schließlich schweren Schrittes an der Haustür an. Die vierte der acht Klingeln ist meine und ich überlege mir noch, nicht zu klingeln, will am Ende aber doch meine Ankunft ankündigen und drücke die Schumacher-Taste. Was mich oben erwartet, habe ich so nicht erwartet. Paula und Anna sitzen ganz brav und ruhig auf dem Boden im Gang und schauen mich erwartungsvoll an. Ich sehe die beiden an: „Wo ist denn die Mama?" Beide grinsen in sich hinein. „Das wissen wir nicht", ergreift Paula das Wort, „such sie doch." Da ich den beiden meinen Zustand nicht zeigen will, gehe durch den Gang über die Küche hinweg in das Wohnzimmer. Hinter dem Sofa höre ich etwas rascheln und laufe deshalb hin. Bei einem Blick hinter das Sofa sehe ich ihn. Dort sitzt mein kleiner Schwarzer, der bei meinem Eintreten anscheinend neugierig geworden ist und nun versucht zu mir zu kommen. „Hallo kleiner Mann", begrüße ich ihn. Julia strahlt mich an und fängt an mir zu erzählen: „Tobias, erkennst du die Kreuzung? Die Kreuzung gestaltete sich anfangs etwas schwierig, weshalb man zum Schutz der Tiere ein starkes Tiger-Männchen und ein schmales Retriever-Weibchen gewählt hat. Herr Meyer, so heißt der Züchter ist ein gewissenhafter Mensch. „Sagen Sie einmal, haben Sie denn die

Möglichkeit das Tier Art gerecht zu halten?", hat er mich beim ersten Telefonat gefragt und ich habe ihm gesagt, dass wir natürlich die Möglichkeit, haben, da wir in der Nähe eines Parks leben, wo man locker eine Stunde laufen kann, ohne dabei vielen Menschen zu begegnen", strahlt Julia mich während ihrer Erzählung an und spricht auch direkt weiter: „Und Frau Schumacher, was machen Sie mit dem Tier im Haus? Ich vermute doch, Sie haben ein Haus?", fragte er mich dann. Nein, wir leben in einer geräumigen 4-Zimmer-Wohnung, antwortete ich ihm aber der tägliche Auslauf ist garantiert, so dass Sie sich wirklich keine Sorgen machen müssen." „Ja, aber Sie verstehen mich schon, das Tier hat eine entsprechende Größe und möchte so täglich raus an die frische Luft, gab Meyer nicht nach, worauf ich deine Zuverlässigkeit angepriesen habe", schaut Julia mich an. „Ehrlich, mein Mann ist sehr zuverlässig, und wenn er keine Zeit haben sollte, dann bin ich noch da!", klärte sie Meyer auf. „Weißt du Tobias, Herr Meyer ist ein Deutsch-Inder und er hat mir versprochen, sich noch einmal zu melden. Weißt du, ich glaube, dass er nicht so recht von mir überzeugt war, aber ich konnte mit dir ja nicht darüber sprechen. Erinnerst du dich noch? Wir hatten nur einmal nach der Fernsehsendung darüber gesprochen und danach kein weiteres Mal mehr. Nachts im Bett während du leise geschnarcht hast, bin ich in Gedanken bei deinem Geschenk gewesen und habe mir Namen überlegt, obwohl ich nicht wusste, ob wir ihn überhaupt bekommen", strahlt sie weiter. „Und welche Namen sind dir eingefallen?" will ich von Julia wissen bevor ich mein Geschenk überhaupt schon einmal auf dem Arm hatte. „Also, natürlich entscheidest du das, aber ich fände Rocky gut." „Rocky?" „Ja, Tobias, das war doch nur eine Idee, ich musste mich beschäftigen, weil ich sehr nervös war bis zu dem Tag, als Herr Meyer endlich seine Entscheidung bekanntgab. Ich wartete den ganzen Morgen auf seinen Anruf, aber es kam nichts. Ich holte die Mädels von der Schule ab, machte ihnen Mittagessen, fuhr sie zu ihrer beider Freundin Meike, kam zurück und sah immer noch nichts auf dem AB. Und dann kurz vor 4 klingelte endlich das Telefon und ich meldete mich. „Frau Schumacher, hier ist Meyer am Telefon, ich kann Ihnen die freudige Nachricht machen, dass noch ein besonders edles Exemplar zur Abgabe bereitsteht. Eigentlich waren schon alle Tiere vergeben, aber heute Morgen ist ein Interessent abgesprungen, weshalb ich Ihnen den Kleinsten aus dem Wurf, einen wirklich schönen Kerl, anbieten kann. Möchten Sie noch?", hat er mich gefragt. „Natürlich! Nur kann ich das Tier die nächsten Tage noch nicht aufnehmen, da es am 27. Mai ein Geschenk für meinen Mann zum Geburtstag werden soll. Haben sie die Möglichkeit den Kleinen so lange bei sich zu behalten?", hatte ich ihm darauf direkt eine Gegenfrage gestellt und Meyer knurrte kurz ins Telefon und sagte dann zu: „Frau Schumacher, da ich wegen der Welpen sowieso Richtung Frankfurt muss, geht das in Ordnung. Kostet aber 50 Euro extra." Julia strahlt während ihrer Erzählung wie ein Honigkuchenpferd. „Tobias, ich war so glücklich. Ich bedankte mich bei ihm, legte auf und musste erst einmal ganz laut hinaus schreien. Ich habe mich so gefreut, weil der Kleine dir bestimmt gut tun wird. Schau ihn dir doch an", hob sie ihn mir endlich entgegen und ich nahm ihn auf den Arm. „Rocky ist eigentlich ja ein schöner Name", schaue ich erst den Kleinen und dann Julia an. „Hallo Rocky." Ich hatte nie einen großen Bezug zu Tieren entwickelt. Schon meine Mutter hatte mir alle Tiere fernzuhalten versucht, meine Freunde hatten auch keine gehabt und von daher waren Tiere nie ein Thema für mich gewesen. Jetzt bin ich 38 und frage mich, was ich mit ihm mache? Wie geht man damit überhaupt um? Er sieht schon gut aus, aber ich bin vorsichtig. „Julia, ich sage an der Stelle jetzt mal vielen Dank und probiere es aus, ihn an mich zu gewöhnen, aber wenn es nicht klappt..." „...Dann bin immer noch ich da", beendet sie den Satz wieder und erleichtert mir das Ganze. „Tobias, ich habe mir das gut überlegt. Ich habe ihn im

Internet entdeckt, also den Züchter und war bei all dem Stress, den Du hast, der Meinung, dass Dir etwas Ablenkung daheim vielleicht ganz gut täte." „Aha", weiß ich nur zu sagen. „Ich glaube echt, ihr könnt ein Team werden", redet Julia weiter. „Papa, der wird ganz sicher zu Dir passen! Und auch zu uns", fällt Paula uns ins Wort, „schau ihn Dir doch an!" Alle Vier sind wir völlig auf den Hund fixiert, wobei Rocky nur mich beobachtet. Egal was ich mache, versucht Rocky sofort wieder Aufmerksamkeit auf sich zu ziehen, als wüsste er, dass es von mir abhängt, ob er bleibt. Und selbst beim Essen, das jetzt völlig nebensächlich geworden ist, lässt Rocky es sich nicht nehmen, auf meinem Schoß zu sitzen. Ich verdrücke mein Geburtstagssteak und frage Paula und Anna: „Schmeckt es euch?". „Ja, Papa", zwitschern die beiden glücklich und alle scheinen glücklich, sogar der Hund. Happy Birthday, Tobias, gratuliere ich mir noch einmal selbst. Ich fühle mich beim Essen gut – gut, ohne darüber nachzudenken warum. Der Hund lässt mich nicht aus den Augen. Er scheint mich als Beschützer zu sehen, denn sobald er auf dem Boden ist und Angst bekommt, springt er zwischen meine Beine und ich bin In dem Moment dankbar dafür, dass ich sein Beschützer sein soll. Dann traut er mir ja einiges zu.

„Tobias, Du hast übrigens auch Post bekommen", gibt Julia mir einen Umschlag und ich erkenne an der Schrift schon, von wem sie ist: von meiner Mutter. Ist es ihr lieber, mir eine Karte zu schreiben als mich anzurufen? Ich habe mit nichts anderem gerechnet, öffne den Umschlag und lese von ihr geschrieben: Herzlichen Glückwunsch zu deinem Geburtstag, Mama. Sie will keinen Kontakt zu uns, nicht einmal zu ihren Enkelkindern und mir ist es mittlerweile egal. Stunden später soll ich noch andere Geschenke bekommen. „Was, noch mehr Geschenke?" „Ja Schatz, Rocky braucht doch auch ein Bett und Spielzeug und Essen. Das liegt bei uns im Schlafzimmer", klärt Julia mich auf. Unklar warum, überkommt mich wieder diese komischen Gefühle der letzten Zeit. Ich weiß überhaupt nicht, was los ist. Sind es die Frauen von heute Morgen, die mich jetzt noch so herunterziehen können, oder ist es einfach nur Julias Anblick, der mir nicht mehr besonders gefällt? „Julia, wer hat das alles bezahlt?", zische ich jetzt fast. Julia reagiert wie meistens ruhig: „Das habe ich selbst gekauft, Schatz." „Und ich zahle es am Ende wieder mit, oder war es schon einmal anders?", werde ich doch laut. „Nein, ich habe in den letzten Wochen Zusatzschichten auf Arbeit eingelegt. Immer mittags wenn die Mädchen noch in der Schule waren oder bei ihren Freundinnen, dann habe ich die Zusatzschicht von Frau Peters gefahren", bleibt sie in ihrem Ton stabil. „Und damit willst Du so viel verdient haben,

um all das selbst bezahlt zu haben. Komm Julia..."
„Schatz, wenn ich es nicht hätte bezahlen können, dann hätte ich das doch nicht gemacht", versucht sie mich weiter friedlich zu stimmen. Und plötzlich steigt wieder das Gefühl von vorhin in mir hoch. Ich muss einfach weg, egal warum und wohin, ich muss weg, stehe wortlos auf, gehe an den Schrank, hole meine Turnschuhe raus und ziehe sie an. Ich packe Rocky und gehe Richtung Ausgang. „Was machst Du jetzt?", schaut Julia mich mit Tränen in den Augen an. Ich kann diesen Ton nicht mehr hören. „Das kann ich Dir ganz genau sagen. Wenn ich noch eine Minute länger hier bleiben muss, dann werde ich ersticken. Außerdem muss mein Geburtstagsgeschenk aufs Klo." Und schon fällt unsere Haustüre ins Schloss. Zurück bleiben die drei Schumacher-Damen. Draußen hole ich mein Handy aus meiner Jacke und schreibe Paula und Anna eine Nachricht: Hallo, ich muss leider noch einmal ins Geschäft, nehme Rocky mit und sagt der Mama, dass wir morgen weiterfeiern. Liebe Grüße Papa. Ich stehe so da, habe Rocky an der Leine, als ich plötzlich eine Idee habe. „Warum probiere ich es nicht einmal bei Peter und Paul?", kommt es mir in den Sinn als ich auf der Straße stehe. Ich wähle die 0178-7856923 für Peters Handy und habe Glück: "Hallo Tobias, ich bin´s Paul an Peters Handy. Was ist los?" „Ich wollte einfach mal hören, was ihr

macht." „Wir wollten ursprünglich Katja und Gina, zwei Kolleginnen von mir treffen, aber die haben kurzfristig abgesagt. Jetzt sitzen wir zuhause:" „Komm doch vorbei!", mischt sich Peter mit ein. „Ja, komm doch. Wir würden uns freuen", ergänzt Paul und sie ahnen gar nicht, dass sie sich gar nicht ins Zeug hätten legen müssen. Ich muss ja sowieso unterkommen. Und ich habe Geburtstag. Haben sie das vergessen? Naja... „Alles klar, dann komme ich, bringe aber noch jemanden mit", erzeuge ich Spannung als ich auflege und nicht kläre, wer der jemand denn ist. „Wann soll ich denn kommen?" Klare Ansage: „Jetzt!" Und ich mache mich auf den Weg. „Hallo Tobias, wie geht es Dir altes Haus?", werde ich schon begrüßt, als ich die Treppen hochgehe. Rocky knurrt. „Pst Rocky, Du bist doch die Überraschung...", versuche ich den Hund zu beruhigen. Und beim Eintreten in die Wohnung, als die beiden Rocky zum ersten Mal wahrnehmen, geht ein Raunen durch die Wohnung. Ich mit Hund? Anscheinend ja. „Hast Du den aus dem Tierheim ausgeliehen?" „Nein, den habe ich von Julia geschenkt bekommen." Dass ich Geburtstag habe, verschweige ich weiter, denn meine Freunde haben es ganz offensichtlich vergessen. Warum sollten auch alle den 27. Mai jährlich aus einem bestimmten Grund in Erinnerung halten? Das erwarte ich nicht, denn ich bin intelligent und weiß, wenn ich nichts erwarte, dann kann ich in der Folge nicht enttäuscht werden. Ich bin diesbezüglich ein schlauer Mann. „Der Hund ist wirklich ein Prachtexemplar, was ist das denn? So einen habe ich noch nie gesehen", will Peter wissen, „die Rasse kenne ich gar nicht." „Das würde mich jetzt auch wundern, denn das ist ein neuer Zuchtversuch. Altdeutsches Tiger-Männchen mit einem Retriever-Weibchen gepaart." „Aha! Das hört sich ja mal ganz interessant an. Hat mich auf den ersten Blick irgendwie an einen großen Chihuahua erinnert." „Ja, und auf den zweiten Blick sehen auch Siegfried und Roy aus wie Geschwister... Ich bitte Dich", bin ich etwas aufbrausend, sodass sogar meine Freunde einmal ruhig sind, „der ist einfach erst sieben Wochen alt und muss noch wachsen." „Er ist auf alle Fälle ein Prachtexemplar – trinken wir eine Runde Schnaps auf ihn und sein Leben", sucht Paul ein neues Thema. „Von mir aus gerne", bin ich sofort dabei, setze Rocky auf dem Boden ab und mich selbst auf die Couch. „Ich habe hier noch einen alten Slibowitz gefunden", erreicht Peter stolz unsere Runde, „den machen wir heute leer." Und wie richtige Männer eben leeren wir die Flasche tapfer. Nach dem sechsten Glas geben wir noch nicht auf. Wir sind an diesem Abend richtige Männer. „Soll ich vielleicht doch mal wieder nach Hause gehen?", fragt mich meine innere Stimme,

„Müssen solche Gedanken heute wirklich sein?",
kommt die nächste Stimme gleich dazu: „Tobias,
bleib einfach sitzen und feiere mit deinen Freunden. Bleib einfach da", gewinnt die letzte und ich
bleibe. So schlecht fühlt sich die Situation gar nicht
an. Rocky bildet den Mittelpunkt unserer Runde.
Und ich habe seit der ersten Begegnung mit Peter
und Paul nach über 25 Jahren das erste Mal das
Gefühl, den beiden etwas voraus zu haben, mehr zu
haben als sie. Ich fühle mich ihnen überlegen –
welch ein Gefühl. Als die Flasche leer und unsere
Runde voll ist und sich auch wirklich keiner von
uns mehr artikulieren kann, klopft Paul mir auf die
Schulter: „Komm Tobias, schlaf heute hier. Die
Couch ist groß genug für Rocky und Dich." Auf die
Frage habe ich gewartet, aber will das den beiden
nicht so deutlich zeigen: „Ja, ich weiß nicht…"
„Was gibt es da zu wissen. Komm bleib hier."
„Wenn ihr meint…" „Auf die weise Einsicht trinken wir gleich noch einen, ich habe noch Whiskey
da", fällt Peter noch Nachschub ein. Und jetzt
schaue ich sie doch mal an: „Und übrigens Jungs
habe ich heute Geburtstag", und beide bekommen
große Augen. „Ach Gott Tobias! Klar, das habe ich
vergessen", reagiert Paul zuerst und Peter steigt mit
einem Happy Birthday-Song mit ein und toppt Paul
damit noch gewaltig. „Danke Jungs, wollte euch
nur noch daran erinnern, dass euch das nächstes

Jahr nicht wieder passiert", grinse ich und hebe mein Glas zum Anstoßen. So trinken wir so lange weiter bis auch die Flasche leerer wird und wie wir ins Bett gekommen sind, weiß am Ende keiner mehr. „Schlaft gut Männer. Mir reicht es und Rocky auch", gebe ich das Saufgelage als Erster lallend auf. „Oh, Rocky auch", äfft Peter mich nach. „Lass stecken Peter, davon hast Du keine Ahnung", schaue ich ihn an, nehme Rocky und mache es uns auf der Couch bequem. Rocky scheint keine Sekunde zu überlegen, sondern folgt mir willig als hätte er noch nie etwas anderes getan. Peter und Paul verlassen das Wohnzimmer. Schlafen und ausnüchtern, schlafen und ausnüchtern, schlafen und ausnüchtern lautet mein Befehl für die Nacht. Mein Unterbewusstsein versucht Befehle ans Bewusstsein zu schicken, aber so recht gelingt es ihm nicht. Meine Beine wackeln wie es sich für einen Fast-40er nicht gehört. Und noch dazu habe ich andauernd das Gefühl pinkeln zu müssen. Das Problem mit der schwachen Blase habe ich von meinem Großvater geerbt, der drei bis vier Mal in der Nacht auf Toilette gesprungen ist. 3.39 Uhr, ein Blick auf die Uhr und es ist schon wieder soweit. Draußen höre ich Geräusche und bin mir nicht sicher, ob noch Leute gekommen sind. Ich schleiche mich hinaus, da ich in diesem Zustand niemandem begegnen will. Da würde ich mir das zur Toilette rennen ja lieber noch verkneifen. Aber ich habe Glück, es ist niemand da, obwohl es nicht ganz leise ist. Ich höre einen Schlag, ein Donnern. Was ist das? Ich laufe weiter und Peter und Paul haben es anscheinend verpasst, die Türe ganz zu schließen. Als ich vorbei laufe, kann ich hineinschauen. Meine Freunde sind noch wach. Peter ist leicht über die Heizung gebeugt und Paul direkt hinter ihm. Eindeutige Position. Die beiden treiben es miteinander. Paul holt ihm einen runter und penetriert ihn gleichzeitig von hinten. Ich kann es nicht glauben. Vor allem kann ich mich der Anzugskraft des Anblicks nicht erwehren. Das ist so animalisch angehaucht, so verdammt antörnend. Peter stöhnt laut auf und sucht mit seiner Hand Pauls Schenkel. Die Penetration scheint überhaupt kein Ende zu nehmen, Paul dringt immer und immer wieder mit heftigen Stößen in Peter ein. Peter ist schon tropfnass und animiert Paul immerzu weiterzumachen. Er klammert sich an ihm fest und beißt sich selbst in die Hand. Die beiden treiben es gnadenlos miteinander und bekommen um sich herum nichts mit. Der Anblick ist so antörnend wie die zwei Männer über die Heizung gebeugt nicht genug voneinander bekommen. Ich kann mich des Anblicks keine Sekunde verwehren und bleibe haften. Mit großen Augen sehe ich wie sie abspritzen und völlig erschöpft auf dem Boden liegen bleiben. Ich lange mir selbst an meine Hose und fahre erschrocken zurück. Sie ist nass. Ich habe abgespritzt. Meine Hose ist tropfnass. Ich springe auf, vergesse die Toilette und krieche auf allen Vieren zurück auf die Couch. Was war das? Was eine Nacht. Ich schleiche mich an den Stuhl zu meiner Tasche, hole mein Diktiergerät raus und beginne ganz leise, meine Gedanken damit festzuhalten. Drei Stunden bleibe ich noch da und bin mit einem Schlag wieder nüchtern.

„8“

28. Mai 2011

„Rocky, wir gehen gleich." Um sieben Uhr, keine Sekunde habe ich mehr geschlafen, stehe ich auf, nehme Rocky an die Leine, packe mein Diktiergerät ein und verlasse die Wohnung. Die beiden Herren bekommen davon nichts mit. Waren ja auch lang genug wachgewesen. Ich trinke heute daheim keinen Kaffee, mache mich fertig, gebe Rocky zum ersten Mal essen und verlasse eine halbe Stunde später mit meinem Diktiergerät schon wieder die Wohnung. Die Kinder sind nicht aufgestanden und auch Julia bleibt liegen, so dass ich wieder gehen kann, ohne jemand begegnet zu sein. Wohin soll ich gehen? Ich weiß es nicht. Zur Arbeit kann ich jedenfalls nicht, es ist Samstag. Meine Gefühle sind noch dieselben wie gestern: Eng, kalt, erdrückend. Ehrlich gesagt, noch enger, kälter und erdrückender als gestern. Es ist schlimm. Die Nacht hat das ganze Debakel noch zu einem viel größeren werden lassen. Als ich die Wohnung verlasse, ist Rocky dabei, der dann erst einmal pinkeln muss. Ich lasse ihn dazu nicht von der Leine, so gut kenne ich mich mit Hunden nicht aus. Drei Wiesen laufen wir gemeinsam ab, Wiese rauf, Wiese runter. Rocky hat schon auf der ersten Wiese Wasser gelassen, aber ich weiß ja nicht wohin mit mir, weshalb ich weiterlaufe. Ich bekomme Geschenke von ihm, da Rocky alles stolz zu mir bringt, was er finden kann. Da ist von einem alten Taschentuch bis zu einem Stück Knochen und einer Mülltüte alles dabei. Er scheint sich als Finder zugefallen, denn umso mehr er bringt, umso besser wird seine Laune. Ich sehe mir das eine ganze Weile an bevor es plötzlich wieder wie ein Blitz einschlägt: das schlechte Gefühl, das mich gestern schon gepackt und wie ein Kaugummipapier umschlossen hat. Jetzt ist Wochenende und unbewusst schlage ich den Weg zu meiner Bank ein, um Kontoauszüge zu ziehen. Eigentlich ist das gar nicht nötig, da ich sowieso täglich online den Stand überprüfe, aber ich will endlich wieder mal etwas in der Hand halten. Zügig laufe ich zwei Straßen geradeaus, dann eine rechts, dann noch mal hundert Meter geradeaus, um dann links zu gehen und danach nochmal 300 Meter geraden Fußweg direkt zu meiner Filiale der Hannoverschen Leben. Hier sehe ich beim Eintritt an der Deck im Inneren zwei Überwachungskameras, die mich und Rocky im Blick haben. Ich überlege mir erst, ob ich Rocky überhaupt mit hineinnehmen darf, aber dann ist es mir auch schon egal und wenn jemand etwas dagegen hat, kann er mich für die Zukunft ja informieren. Die Kamera hält mein Gesicht fest, und heute ist Rocky ganz einfach dabei. Ich weiß in dem Augenblick nicht, ob ich Rocky oder Rocky mich ausführt. Richtig entspannt werden meine

Gesichtszüge schließlich beim Blick auf den Kontoauszug. Julia und ich haben die letzten Monate gespart, und so sind es am 26. dieses Monats nach Abzug aller Kosten noch 1258.96 € auf der Habenseite. „Das ist gut. Ach, ist das gut, endlich mal was Gutes…" Ich ziehe noch 50 Euro und verlasse mit den 4 Pfoten die Bank. Wohin jetzt? Die Frage ist kurz in meinem Kopf und dann zieht es mich doch in meine gewohnte Umgebung zu Paula und Anna zurück. Ich gehe nach Hause und direkten Weges unter die Dusche. „Ich will mich waschen!" Dieses Signal geht im Kopf auf und ab – von rechts nach links und wieder runter. „Bitte lass die anderen noch schlafen, dass ich mich in Ruhe waschen kann." Was in der Nacht passiert ist, kann ich mir nicht erklären. Peter und Paul … Ich hätte das einfach nicht für möglich gehalten, was ich sehen musste. Natürlich haben die beiden noch nie eine feste Freundin gehabt, aber auf der anderen Seite müssen sie deshalb ja nicht gleich schwul sein, oder? Vielleicht ist ihnen auch nur der Alkohol zu Kopf gestiegen und normalerweise machen sie das gar nicht. Wer weiß, wer weiß. In der ganzen Wohnung ist kein Laut zu hören. „Danke, lieber Gott." Gott? Eigentlich bin ich vor 6 Jahren aus der Kirche ausgetreten, aber in dem Moment der unsäglichen Nacht und dem Morgen danach steht er mir anscheinend doch zur Seite. Vielleicht trete ich wieder ein. Wie lange ich geduscht habe, hätte ich am Ende nicht mehr sagen können. Meine Unterhose liegt vor der Dusche und ich weiß, dass ich sie beseitigen muss. Deshalb habe ich aus der Küche vorhin schon einen Müllbeutel mitgenommen, da Julia sich sonst schwer wundern müsste und ich keine Lust habe, dass sie am Ende noch denkt, dass ich eine Affäre hätte. Das Wasser kann meine schlechten Gedanken nicht vertreiben, aber es hilft mir dabei, mich besser zu fühlen. Ich habe ein klares Ziel: Nicht mehr voller Dreck sein, wenn ich an heute Nacht denke. Ich schäme mich. Zwar sind erst wenige Stunden vergangen, und wahrscheinlich schlafen Peter und Paul noch, aber ich schäme mich richtig. Zwei Schwule – und ich habe es all die Jahre nicht mitbekommen, die haben doch immer ganz normal gewirkt. Komisch. Hat meine Mutter also früher doch Recht gehabt, wenn sie gesagt hat, die beiden wären nicht ganz sauber und ich solle mich in Acht nehmen. Ich gehe aus der Dusche, die bringt schließlich auch nichts mehr und ihre reinliche Wirkung ist schnell dahin. Im Gang wartet Rocky und schwänzelt schon wieder als er mich sieht. „Du denkst wohl, wir gehen jetzt", sage ich zu ihm, „und weißt Du was? Du hast Recht. Ich ziehe mich noch an und dann machen wir die Fliege." Ein Zimmer weiter: „Mama. Mit wem spricht der Papa denn?" „Sei still Anna und schlaf noch."

Gesprächsende – habe ich gerade leise Stimmen vernommen? Ich ziehe mich weiter an, nehme mir eine Stofftasche zum Einkaufen mit – die sind schließlich umweltfreundlicher und auf Dauer vor allem billiger als diese 10 Cent – Plastiktüten – und gehe. Ich will auf den Wochenmarkt. Normalerweise gehe ich eigentlich selten einkaufen, da Frauen das einfach besser können und zum anderen schicke ich Julia lieber in die Billigdiscounter. Das Obst von dort ist sicher genau so gut wie das teure Obst und Gemüse beim Händler. Ich erinnere mich: „Julia, es sind keine Äpfel und Birnen mehr da. Du weißt doch, dass ich bei all dem Stress Vitamine brauche…", habe ich sie vor ein paar Wochen vorwurfsvoll angesehen. Reaktion ihrerseits darauf: „Ich wollte Dir heute Morgen welche holen, aber weißt Du, wie voll es gewesen ist? An drei von drei besetzten Kassen bildeten sich meterlange Schlangen." „Und dann hättest Du später nicht noch einmal hinfahren können?" „Am Montag? Da habe ich doch auf mein Paket gewartet!" „Ach so, und das dauert den ganzen Tag?", gab ich in dem Moment nicht nach. Julia merkte es und versuchte wie sonst auch erst einmal einzulenken: „Schatz, soll ich Dir noch welche holen?", fragte sie mich mit einem Lächeln, „um die Ecke hat der Obst- und Gemüseladen noch offen." Und dann war es wieder einmal um mich geschehen. „Sag mal Julia, bin ich Krö-

sus? Haben wir das Geld zum Fenster rausschmei-
ßen? Die verkaufen ihr Obst und Gemüse zum
doppelten Preis wie der Discounter, steigen abends
in ihren um die Ecke geparkten 500er Mercedes
und ich kann mit meinem Fahrrad neben dran vor-
beifahren, weil ich das Auto aufgrund horrender
Benzinpreispolitik lieber stehen lasse." „Tobias, ich
wollte Dir mit dem Vorschlag eigentlich etwas Gutes
tun…" „Ja, und das ist genau dein Problem. Du
willst viel, und denkst wenig. Punkt", beendete ich
das Gespräch. Tja, und deshalb werde ich Julia
gegenüber später besser nicht erwähnen, wo ich eingekauft habe. Das vielleicht dritte Mal in meinem
Leben auf dem Wochenmarkt, muss ich mich erst
einmal orientieren. Wo sind die Kartoffeln, die
Zwiebeln und der Lauch? Wo gibt es Wurst? „Guten
Tag, was kosten bei Ihnen die Kartoffeln?", frage ich
die Dame am zweiten Gemüsestand. „Ah, ich verstehe, mit Ihrem suchenden Blick geht es Ihnen wie
meinem Mann, der kauft auch selten ein", gibt sie
sich höflich, „wollen Sie eher Kartoffelsalat oder
Kartoffelbrei machen?" „Kartoffelbrei." „Na dann
brauchen Sie weichkochende. Die sind heute im
Angebot zu 2,49 das Kilo." „Dann hätte ich gerne
einen Sack." Gesagt und getan. Es geht weiter. Rocky sieht in seiner Perspektive nichts von alldem,
was oben auf den Ständen liegt, aber er kann es
riechen und das scheint ihm zu genügen. Er zieht

an der Leine und versucht von vorne nach hinten zurückzulaufen, aber da hat er Pech – oder ich Glück, je nachdem wie man das sehen will: Rocky wiegt 6400 Gramm und damit bin ich eindeutig stärker. Es geht zum Fleischstand und Rocky wird nervös. „Guten Tag, was wünschen der Herr?", werde ich begrüßt. „Ich möchte heute Abend für meine Familie Wiener Schnitzel machen." „Das tut mir leid. Kalbsfleisch bieten wir heute leider nicht an. Das gibt es erst Dienstag wieder." „Nein, ich wollte auch Schwein." „Dann meinen Sie das Schnitzel Wiener Art. Das verwechseln viele", gibt sie sich betont entspannt – das Fräulein Beyer, wie auf ihrem Schildchen steht, „wie viel brauchen Sie denn genau?" „Zwei Stücke für mich und meine Frau und zwei für meine Kinder." „Wie alt sind die denn?" „Sieben und neun." „Na, dann würde ich Ihnen empfehlen einfach noch ein drittes Stück zu nehmen und das in der Mitte für die Kinder durchzuschneiden." „Alles klar", lasse ich mich beraten, bezahle und verlasse den Stand. Rocky will noch bleiben, aber da hat er wieder Pech und ich ziehe ihn mit. Für heute habe ich genug ausgegeben. Es ist mittlerweile viertel nach Elf als ich zuhause die Haustüre aufschließe, es drinnen aber immer noch ruhig ist – schlafen sie immer noch? Die drei Damen aber schlafen nicht. Sie sind nur ruhig, da sie anscheinend erst einmal meine Laune abwarten wollen. Ich, wieder ganz normal, ganz auf liebevollen Vater eingestellt, küsse erst einmal meine beiden Prinzessinnen. „Mäuse, wie geht es euch?" „Gut", antwortet Paula verlegen. Und um Julia nicht zu vergessen, gehe ich nun zu ihr: „Hallo Schatz, ich war heute Morgen schon einmal da", begrüße ich sie als hätte es gestern Abend nie gegeben, „ich möchte mir heute einen schönen Tag mit euch machen. Wie wäre es mit einem Gang durch den Wald?", frage ich die drei und erwarte eine Antwort. Stattdessen Stille. Was ist nur mit mir los? Warum bin ich einmal so gut drauf? Was ist heute Nacht gewesen? Julia ist zu perplex und hätte gerne auch Antworten bekommen, aber sich niemals getraut, Fragen zu stellen. „Wenn Du möchtest, sind wir dabei. Oder was sagt ihr?", schaut sie unsere zwei Ladys an. Stummes Kopfnicken seitens Paula und Anna, das heißt, der Ausflug kann stattfinden. „Wir lassen die Mama heute doch nicht mit dem Papa allein!", überlege ich mir, dass Anna sich denkt, während sie so unsicher wirkt.

Ich Allround-Talent bin in der Lage, in die Köpfe meines Gegenübers zu schauen. Wie mir gerade auffällt, kann ich aus meinen ganzen Aufzeichnungen selbst eine eigene Geschichte schreiben, da ich das Innenleben aller Beteiligten kenne. Wenn mein Gegenüber mir seine Meinung nicht mitteilt, sehe ich sie in meinem eigenen Drehbuch auch so.

Der Mittag zieht sich schleppend hin. Draußen scheint die Sonne und hätte uns vier Schumachers eigentlich gute Laune bereiten können. Ich bin auf alle Fälle gut gelaunt. Doch die drei Damen, sogar die beiden kleinen, trauen dem Frieden anscheinend nicht. Nach gestern habe ich es geschafft, dass sogar die Kleinen mir gegenüber misstrauisch sind. Gestern Abend noch Geburtstag gefeiert und gute Laune gehabt. Die Vorfreude auf Rocky und das erste Zusammentreffen mit ihm. Alles war aus der Sicht der Fünf- und Siebenjährigen gut gewesen und dann rastete ich aus. Für ein Kind ist das viel, wahrscheinlich zu viel, überlege ich mir jetzt. Und für mich? Wer denkt an mich? An mich scheint mal wieder keiner zu denken. Habe den Tag über doch genügend Ärger gehabt und bin trotzdem lange ruhig geblieben. Und jetzt muss ich mich über die komische Art meiner Töchter mir gegenüber wundern. Ist doch alles wieder in Ordnung, oder etwa nicht? „Wann wollen wir denn los?", rufe ich aus dem Wohnzimmer. „Uns egal, wann Du willst." „Dann würde ich sagen, gehen wir bald. Dann haben wir noch etwas vom Tag. Und heute Abend koche ich uns dann etwas richtig Leckeres!", versuche ich Freude zu verbreiten. „Ja, freut ihr euch denn gar nicht?" Ich scheine zu vergessen, dass man Kinder nur selten mit Essen locken kann und dafür andere Ideen nötig sind. Jetzt will ich schon wieder fast beleidigt sein. „Natürlich freuen wir uns", greift Julia ein, „nicht wahr, Paula, nicht wahr, Anna?" „Ja, wir freuen uns schon sehr", gibt Paula monoton zur Antwort und Anna sagt nichts, denn sie ist heute sehr vorsichtig, eigentlich vor allem eingeschüchtert. „Alles klar, dann lasst uns mal anziehen." Die Papageien des Nachbarn schreien an diesem Tag besonders laut. Die Familie hat zwei und manches Mal hört man die zwei gar nicht, an anderen Tagen aber wieder sind sie unerträglich laut. Und während Julia die Kinder fertig macht, hört sie im Wohnzimmer ein Poltern. „Oh Gott", schießt es ihr in den Moment bestimmt in den Kopf. Sie weiß, dass ich es nämlich nicht leiden kann, wenn die Vögel schreien. Aber nein, es passiert nichts, kein Gefluche, keine Aufregung. Sie kann sich locker machen. Ich bin leise, ich bin aus Versehen nur über die rumstehenden Schuhe gestolpert. Normalerweise kann mich das auch zu einem Wutausbruch treiben – heute aber nicht. Die Nachbarn kennen mich und mein Geschrei. Es ist ihnen nicht fremd, auch wenn noch keiner je eingegriffen hätte. Wie auch? Sie haben ja kein Recht dazu. Zumindest wissen sie von mir, dass ich auf der Straße immer nett und zurückhaltend bin, aber in der Wohnung auch anders kann. Paula und Anna lasse ich dabei in Ruhe, aber Julia ist oft mein Ventil. Schräg über uns wohnt Frau Glöckle, eine ältere

Dame, die mir seit geraumer Zeit aus dem Weg zu gehen scheint. Das ist mir schon aufgefallen aber egal. Frau Glöckles Gesicht spricht Bände, wenn sie mich sieht..„Arme Frau Schumacher, hat so einen schlechten Mann", denkt sie sich wahrscheinlich jedes Mal beim Vorbeigehen an unserer Türe. Und so wartet sie nach dem Ertönen der Papageien unter Umständen auch heute wieder auf mein Geschrei, aber an diesem Mittag bleibt entgegen aller Vermutungen alles ruhig. „Ist er vielleicht gar nicht zuhause?", überlegt Glöckle sich", „habe ihn vorhin doch erst noch gesehen. Ich höre ihn gar nicht", beende ich ihren Gedankengang. Sie hält nichts von mir. Und auch die Damen in unserer Wohnung verstehen nicht, warum ich heute nicht laut werde. Keiner kann es ahnen, dabei liegt der Grund dafür nur zwei Meter neben der Eingangstür, es ist Rocky. Ohne dass ich verstehe warum, entspannt er mich. Allein der Anblick des kleinen Hundes entspannt mich. Und das habe ich eben nach dieser Nacht besonders nötig. Eigentlich habe ich ja gar nichts gegen Schwule, aber müssen ausgerechnet meine Freunde schwul sein? Das Leben schmeißt mir immer wieder Steine hin. Ich muss an etwas anderes denken: „Hm Schatz, können wir dann los?" „Wir sind gleich fertig. Ich muss gerade noch meine Schuhe anziehen, dann können wir gehen." „Alles klar, dann mache ich Rocky fertig." Und als wir fünf Minuten später das Haus verlassen, komme ich nicht einmal auf die Idee, Paula oder Anna Rocky zu geben. Nein, ich führe ihn selbst. Julia nimmt die beiden an der Hand und Rocky und ich schießen vorne hinaus. Auf der Straße hätte man denken können, dass wir vier uns gar nicht kennen. Herrchen und Hund gehen ihres Weges und hinter ihnen trottet eine Mutter mit ihren Kindern. Ich selbst habe ein gutes Gefühl beim Laufen. Ich bin das Familienoberhaupt und jetzt habe ich einen würdigen Begleiter gefunden. Es ist mir fast so wie dem Patriarchen mit seinen Doggen, die neben ihm weilen. Am Ende der Gabelung drehe ich mich um: „Wo wollen wir jetzt denn hin?" Da wir in den Waldpark immer dieselbe Strecke gehen, ist die Frage eigentlich überflüssig. „Laufen wir doch einfach da lang, wo wir immer lang laufen, oder?", versucht Julia trotzdem auf die Frage einzugehen. „Alles klar", gebe ich mich zufrieden und laufe weiter. Der Park ist ein Paradies für Hunde. Bisher hat uns das noch nicht interessiert, wir haben eher zu denen gehört, die sich darüber aufregen. Hundehaufen, wo hin man sieht und die Hundebesitzer halten es nicht einmal für nötig, den Dreck zu entfernen. Hauptsache ihre Köter können frei springen. Jetzt der Perspektivenwechsel. Solch ein Denken gehört der Vergangenheit an. Nur von der Leine soll Rocky noch nicht. Ich bin vorsichtig. Die

Sonne scheint durch die Bäume und verspricht weiter einen sonnigen Nachmittag. „Papa, warum lässt Du den Rocky nicht mal frei, die anderen machen das doch auch?", fragt Anna mich. „Maus, weil ich Sorge habe, ob er auch wirklich bei uns bleibt." „Ja, aber er ist doch so klein, der kann doch nicht wirklich schneller sein als Du, oder?" Darauf habe ich keine passende Antwort mehr parat. „Also gut, wenn Du es willst", gebe ich mich großzügig. Rocky wird befreit. „Ach Gott Herr Schumacher, Sie hier?!", tönt es plötzlich hinter einem Busch, „wie ich sehe, sind Sie mit ihrer Familie hier." Frau Wendelin – drei Reihen vor meinem Schreibtisch sitzend bei FDV. „Ja, Sie haben Recht. Das sind meine Frau und meine beiden Töchter. Wir wollen das gute Wetter für einen Spaziergang nutzen." „Das ist schön, Herr Schumacher. Ich bin alleine hier, aber ich dachte, ich muss mal zu Hause raus, sonst fällt mir die Decke auf den Kopf. Wissen Sie eigentlich, was gestern noch passiert ist?", schaut sie mich erwartungsvoll an. Thema Arbeit. Ich will nicht darüber sprechen, aber Frau Wendelin ist entweder nicht feinfühlig genug, um das zu bemerken oder es ist ihr schlichtweg egal. „Nein, was denn?", versuche ich höflich zu bleiben. „Der Erhart kam in die Abteilung, als noch alle arbeiteten und plötzlich rannte er zur Fischer an den Tisch und schrie sie an. Wissen Sie, aber mal so richtig!

Sie hat angeblich bei einem Kunden nicht alle Fragen ordnungsgemäß beantwortet, weshalb die Kundin eine Beschwerde bei der obersten Stelle eingereicht hat und deshalb jetzt Probleme aufgetreten sind. Kann das sein? Muss er die Frau vor uns allen dermaßen anbrüllen, Herr Schumacher? Also manchmal muss ich mich wirklich frage" Ich kann Frau Wendelins Denken durchaus nachvollziehen, aber das hätte ich nie öffentlich gemacht. Die Wendelin kann eine richtige Tratsche sein, wenn sie will. Und schon macht sie weiter: „Sie hätten mal die anderen erleben sollen, es hat sich keiner mehr getraut vom Tisch aufzuschauen! Der Xaver ist sogar nach draußen, weil es ihm vor lauter Aufregung auf den Magen geschlagen hat." Der Xaver ist für mich eh ein bisschen labil, das wundert mich nun nicht. „Ja, Sie wissen ja nicht, was der Erhart sich von seinem Chef, unserem aller FDV-Chef Herr Fischer, selbst für einen Ärger eingefahren hat", versuche ich ihn noch in Schutz zu nehmen. „Da gebe ich Ihnen vollkommen Recht, Herr Schumacher, aber hätte er das Gespräch nicht in sein Büro verlegen können? Mussten das wirklich alle mitbekommen?" Aus meiner Sicht ist die Antwort klar: Natürlich nicht! Aus Sicht bekannter Führungskräfte machen solche Maßnahmen zwischendurch durchaus Sinn, denn wenn man hin und wieder eine Person öffentlich bloßstellt, dann erhöht das gleichzeitig wieder die Arbeitsbereitschaft der anderen. Ist bewiesen. „Naja, Frau Wendelin, sie wissen ja, wie das heutzutage ist. Die Wirtschaftslage verschlechtert sich immer weiter und der Druck auf die Chefs wird immer größer. Den müssen Sie ja irgendwo abladen, oder?" „Ich weiß, ich weiß, Herr Schumacher. Trotzdem würde ich mir manches Mal wünschen, dass die Atmosphäre am Arbeitsplatz nicht so darunter leidet. Das geht einem doch auf und an die Nerven." Ich überlege kurz und spreche dann wie auf Arbeit gewohnt ruhig weiter: „Wollen wir doch einmal ehrlich sein Frau Wendelin, wer ist in der heutigen Zeit denn noch gerne Chef? Versucht man was durchzusetzen, muss man sich erst einmal mit dem Betriebsrat auseinandersetzen. Packt man einen Mitarbeiter etwas zu hart an, wird der gleich krank und bekommt sechs Wochen noch den Lohn weitergezahlt. Wirft die Firma mal nicht so viel Gewinn ab, wird in der Öffentlichkeit nicht die Mitarbeiterschaft, sondern erst einmal die Führung in den Medien gedemütigt und dafür verantwortlich gemacht. Was waren das früher noch für andere Zeiten gewesen. Da hätte es das alles nicht gegeben." Sie schaut mich an, ich schaue zurück. Ich will das Gespräch so langsam beenden: „Ganz ehrlich, Frau Wendelin, ich möchte nicht auf seinem Stuhl sitzen. Andauernd den Druck aus Amerika aushalten. Das ist bestimmt nicht schön. Da hat unsereins noch Glück." „Das sagt sich so leicht, Herr Schumacher. Mein Mann hat mich vor sieben Wochen verlassen, weil er es nicht mehr ertragen hat, dass ich nur noch von der Arbeit gesprochen habe. Ja, und dann bin ich einmal nach Hause gekommen und da war er weg. Hat mir bis heute nicht gesagt, wo er ist." Jetzt tut Frau Wendelin mir leid. Zum Glück kommt in dem Moment Rocky wieder angesprungen als ich nicht mehr zu reagieren weiß. „Ach Gott, ist der süß. Ist das Ihrer?" „Ja, den habe ich gestern von meiner Frau geschenkt bekommen." „Mein Gott, was für eine tolle Idee. Wie heißt er denn?" „Rocky." Bei einem Griff in die Tasche stellt sie fest: „Tut mir leid, mein Bester, ich habe heute leider keine Leckerlis dabei…" „Das muss Ihnen nicht leidtun, er soll sich gar nicht daran gewöhnen, von Fremden Futter zu nehmen." „Oh, da haben Sie natürlich Recht." „Du Schatz", kommt Julia jetzt dazu, „Du weißt, wir müssen weiter, sonst schaffen wir das heute nicht mehr." „Frau Wendelin, Sie hören meine Frau. Wir müssen leider weiter." „Natürlich Herr Schumacher. Bis Montag dann." Und Julia kann ihre Neugierde kaum zurückhalten als meine Gesprächspartnerin außer Reichweite ist: „Wer war denn die Dame?" „Das ist Frau Wendelin, meine Arbeitskollegin." Du Papa, laufen wir noch lange? Wir haben jetzt schon so lange warten müssen", geht Paula zwischen unser Gespräch. „Maus, wir laufen jetzt heim. Das war meine Kollegin. Du weißt doch, wie das bei den Erwachsenen ist, da kann man nicht einfach weitergehen, wenn man sich kennt und trifft." „Wir haben ja lange genug gewartet", quengelt sie weiter. „Sei jetzt nicht sauer. Mir hat es auch keinen Spaß gemacht, aber trotzdem hätte ich nicht so einfach weitergehen können. Ich begegne ihr am Montag auf der Arbeit doch wieder." Und Julia mischt sich ein: „Weiß jemand von euch denn, wo Rocky ist?" „Rocky!", rufe ich laut, „Rocky!" Zu viert rufen wir jetzt nach ihm, aber er ist weg. Zuerst denke ich mir noch nichts wirklich Schlimmes dabei, aber umso mehr Zeit vergeht, umso mehr Sorgen mache ich mir. Es vergehen 10 Minuten, es vergehen 15 Minuten. „Und was sollen wir jetzt machen?", schaue ich meine drei Damen an. „Ich weiß es nicht", antwortet Julia, „ich habe von Hunden eigentlich wenig Ahnung." „Und ich habe mehr?", schaue ich sie fragend an. Als mittlerweile fast eine halbe Stunde vergangen, und Rocky immer noch nicht in Sicht ist, breitet sich zunehmend Panik aus. Wo ist Rocky nur hin? Vor allem Anna schämt sich sehr. „Ich bin schuld, wenn wir Rocky nicht mehr finden..." „Schatz warum denn?", schaue ich sie an. „Ich habe ihn nicht gleich gerufen", schluchzt sie in meinen Arm. „Schatz, wir doch auch nicht." „Ich hätte ihn lauter rufen können", hört sie nicht auf und ihre Augen füllen sich weiter mit Tränen. Wir bleiben an der Stelle stehen, wo wir ihn das letzte Mal gesehen haben, da mir vor Urzeiten mal ein Kollege mit Hund erzählt hat, dass man im Falle seines Verschwindens an der Stelle bleiben solle, wo er verschwunden ist, weil er zu der Stelle auch wieder zurückkäme. „Suchen Sie etwas?", ruft plötzlich ein Herr hinter uns. „Ja, meinen Hund", antworte ich. „Oh je, man erzählt sich, dass letzte Woche die Hundefänger im Park unterwegs gewesen waren. Hoffentlich ist er nicht in deren Hände geraten." Ein Mensch mit weniger Höflichkeit hätte ihn an der Stelle wohl gefragt, ob er blöd ist, uns in solch einer Situation mit Horrormeldungen noch zusätzlich zu verunsichern, aber wir versuchen das Gesagte zu übergehen. „Julia, sollen wir weiter?", frage ich sie ohne auf das Geschwätz des Herrn einzugehen. Aber der Herr mischt sich schon wieder ein: „Oh je, oh je. Wenn da mal nur nichts passiert ist…" „Gehen Sie einfach weiter und halten Ihren Mund, sonst vergesse ich mich", fahre ich jetzt doch aus der Haut. Der alte Mann zuckt so zusammen, dass sogar die Mädchen erschrecken. So kennen sie mich eigentlich nur, wenn ich manchmal mit Julia spreche, aber nicht anderen gegenüber. Da bin ich gut. „Kann es sein, dass sie einen Hund vermissen, einen kleinen?", ruft ein junger Mann von weiter hinten. „Ja", rufe ich zurück." „Sieht er vielleicht ein bisschen wie ein großer Chihuahua aus?" – schon wieder der Chihuahua-Vergleich – „Eigentlich nicht, aber wir schauen uns die Stelle mal an." „Laufen Sie einfach hier den Weg entlang, Da kommen Sie direkt zu den Mülltonnen, wo sich zwei Hunde vergnügen. Der Herr, dem der eine gehört, hat sich darüber gewundert, wo das Herrchen oder Frauchen vom anderen ist." „Vielen Dank für Ihre Hilfe!" Und wir beschleunigen unseren Schritt, um zwei Minuten später an den Mülltonnen anzukommen. Rocky ist da! Quitschfidel und vergnügt kämpft er mit einem Hund um eine Plastiktüte. „Danke, lieber Gott", denkt Anna sich so wie sie jetzt aussieht. „Danke, lieber Gott", denke ich mir. Kurz darauf ist Gott zwar schon wieder fast vergessen, aber die Freude über Rockys Anblick bleibt: „Mensch Rocky, mach nicht mehr so einen Quatsch! Ich bin fast gestorben vor Angst!", erzähle ich ihm auf dem Rückweg als uns keiner zuhört. So laufen wir bei strahlendem Sonnenschein nach Hause. Die Luft ist warm und die Menschen scheinen den Spaziergang im Freien zu genießen, denn die Wege im Park sind voller Erwachsener, Kinder und Hunden. Nur Rocky darf nicht mehr frei laufen, der bleibt auf meinem Arm bis wir die Schillerstraße 12 erreicht haben, und zuhause angekommen sucht er erst einmal Futter. Anna geht sofort in ihr Kinderzimmer und schließt die Türe, Julia und Paula machen es sich auf der Couch bequem. Und ich bleibe noch eine ganze Weile unschlüssig vor dem Kühlschrank stehen, weil ich nichts zu tun weiß. Die Angst sitzt noch zu tief in den Knochen. In einem spontanen Gefühlsanflug spüre ich meine Anna plötzlich ganz nah bei mir: „Was ist nur mit der Kleinen los?", überlege ich mir und gehe darauf Richtung Kinderzimmer. Die Wohnzimmertür ist zu, sodass Julia und Paula davon gar nichts mitbekommen. Dort angekommen, sehe ich Anna auf dem Bett sitzend, Löcher in die Luft starren. „Anna, was ist denn los?" Knappe Antwort: „Nichts." „Aber warum kann ich Dir das nicht glauben?", gehe ich näher. „Papa, was hättest Du getan, wenn Rocky verschwunden geblieben wäre?", kommt es vorsichtig aus ihr. „An so etwas wollen wir doch gar nicht mehr denken, Maus, er ist doch wieder da." „Aber es hätte passieren können...", schluchzt sie jetzt, „und was würdest Du tun, wenn ich verschwinden würde?" „Maus ganz ehrlich, daran will ich nun überhaupt nicht denken, das wäre natürlich das Allerschlimmste!" „Ja, aber vorhin warst Du schon so traurig wegen Rocky. Könntest Du bei mir überhaupt noch trauriger sein?" „Dann wäre ich der traurigste Mensch auf der ganzen Welt, weil meine Anna nicht mehr da

ist, das kannst Du mir glauben! Komm mal her",
sage ich, ziehe sie an mich und kitzelte sie so lange
bis sie ihre schlechten Gedanken vergessen zu haben scheint und zu lachen beginnt. „Siehst Du, ist
doch alles halb so schlimm." „Papa, ich hab Dich
lieb!", kommt es spontan aus ihr. Ich kann darauf
leider nicht antworten, das waren schon genügend
emotionale Bekundungen gewesen. Ich streichele
ihr nochmal über den Kopf und gehe raus, um eine
zu rauchen, da ich mich an der Stelle genug gekümmert habe. Julia und Paula sitzen immer noch
im Wohnzimmer und schauen fern. Sie konzentrieren sich auf die Serie mit Jonathan, dem über allen
Häusern stehenden Engel. Zumindest scheint es so.
In Wahrheit tanzen Julias Gedanken bestimmt Pirouetten, ich kenne meine Lady doch. „Ach Gott,
bin ich froh, dass Rocky wieder da ist. Was hätte
das für ein Theater gegeben, ich will es mir gar
nicht ausmalen, was dann los gewesen wäre…",
schimmern Gedanken über ihrem Kopf. Geht man
noch eine Couch weiter, liegt da Paula ganz in sich
gekehrt: „Wenn der Rocky verschwunden wäre,
wäre der Papa bestimmt wieder richtig sauer. Dann
bekäme die Mama sicher wieder den ganzen Ärger
ab. Zum Glück ist er wieder da!" Und noch einen
Korb weiter liegt Rocky, der anscheinend als einzi-
ger wirklich nichts denkt. Er liegt voll gefressen
auf seinem Kissen und schläft. Für ihn ist es ein

rundum gelungener Spaziergang gewesen. Das Abendessen ist ob der Situation vorhin irgendwie in weite Ferne gerückt. Keiner spricht mehr von Essen bis ich mich an mein Versprechen erinnere, heute Abend für die ganze Meute kochen zu wollen. Ich gehe erst noch eine rauchen und dann zu Anna: „Sag mal Maus, erinnerst Du Dich, dass ich heute für euch kochen will?" Anna spielt mittlerweile Uno mit sich alleine und ist schwer beschäftigt: „Ja", murmelt sie. „Möchtest Du mir vielleicht dabei helfen? Es ist alleine so viel." „Nicht so gerne, ich gewinne gerade doch", murmelt sie weiter, sieht dann aber in mein enttäuschtes Gesicht und entscheidet sich schnell um, „doch, warte nur noch kurz, dass ich auch noch die nächste Karte ablegen kann." „Alles klar, ich bin in der Küche und bereite schon mal alles vor." Und als Anna nach wenigen Minuten dazu kommt, macht sie sich an die Arbeit und wir brauchen über eine Stunde bis wir mit allem so weit fertig sind. Es muss nur noch das Fleisch angebraten werden. „Julia, würdest Du bitte die Teller hinstellen?", rufe ich ins Wohnzimmer, zu dem die Türe mittlerweile wieder offen steht. „Ja", ruft sie aus dem Wohnzimmer zurück und innerhalb einer Viertelstunde ist der Tisch gedeckt. Ich brauche jetzt erst ein Bier und Julia stelle ich ein Glas Wein hin. Als Julia das Glas für sich auf dem Tisch stehen sieht, sehe ich gleich wieder ihr

Gesicht, das Nein zu sagen scheint. Ich komme zum großen Essen dazu – in der Hand trotzdem eine Flasche Wein. „Danke Schatz, aber wenn der Wein für mich bestimmt ist, muss ich sagen, dass ich keinen Schluck hinunterbekomme", schaut sie mich an. „Komm Julia, nur einen kleinen Schluck zu einem guten Stück Fleisch", versuche ich ihr den Dornfelder schmackhaft zu machen. „Tobias, mir ist von heute Mittag noch so schlecht, dass überhaupt nichts geht." Und da werde ich schon wieder innerlich sauer. „Habe eingekauft, gekocht und dann muss sie sich so anstellen", denke ich mir. Meine Gesichtszüge entgleiten langsam wieder und sie sieht es. „Dann schenk mir doch bitte ein Glas ein", geht sie wie immer ein Stück auf mich zu. Es ist aber völlig unnötig, denn ich schenke ihr nichts mehr ein, stehe beleidigt vom Tisch auf und lasse die Flasche stehen. Und das Ende des Liedes kennen auch die Spatzen vom Nachbardach schon, da sie es auf hundert verschiedene Weisen schon gehört haben: Die drei Damen bleiben alleine am Tisch zurück. Julia schenkt sich selbst ein Glas Wein ein und sie warten auf mich. Ich komme nach einer Zigarettenlänge zurück, setze mich wieder an den Tisch zurück und keiner spricht mehr. Wenn ich Julias Theater heute Morgen schon erahnt hätte, wäre ich sicherlich nicht auf den Markt gegangen. „Ich hätte es mir aber auch denken können", brodle ich vor mich hin, „mit der Frau kann man nichts Schönes erleben. Was stellt sie sich auch bloß so an? Da wäre ja wohl wirklich nichts Schlimmes dabei gewesen, mal einen Schluck Roten zu trinken." „Hätte ich doch nur gleich einen Schluck genommen, was wäre dabei gewesen?", macht sich meine Julia derweilen einen Stuhl weiter Vorwürfe. Beleidigt sein wirkt bei ihr immer. Ein Psychologe hat mal erklärt, dass man das auch als Machtmittel benutzen kann und ich mache das immer wieder und gerne. Vor allem, da ich weiß, dass es bei ihr wirkt. „Dass sie nicht gerne trinkt, weiß ich ja, aber sich jetzt so anzustellen, ist mir unbegreiflich. Ich habe mir doch extra viel Mühe gegeben. Das macht sie absichtlich", spinne ich meine Gedanken weiter. Der Abend läuft nach dem Essen weiter. Um acht gehen die Kinder ins Bett, sind so traurig wie sie heute Morgen schon aufgestanden sind und Julia macht es unseren Kleinen nach. Was soll sie auch noch wach bleiben, sich vielleicht zu mir setzen? Zwei Stunden später und sechs Zigaretten ärmer in der Schachtel gehe ich auch ins Bett. Julia kann mich bestimmt riechen. Geschlafen hat sie bis dahin noch keine Minute. Und die Nacht ist wieder eine wie viele zuvor. Ich stelle mich schlafend und Julia liegt genau so wach daneben. Zu sagen haben wir uns beide nichts. Immer dieselben Fragen: „Was habe ich heute nur wieder falsch gemacht?"

bei Julia. „Warum muss sie mich nur jeden Tag aufs Neue nerven?" bei mir. So liegen wir im Bett und warten gemeinsam einsam auf den nächsten Morgen. Daran haben wir uns gewöhnt.

Ich bemerke an der Stelle nach vielen Seiten lesen, dass mir eigentlich schon lange klar war, dass ich unglücklich bin.

„9"

29. Mai 2011

Und beim umfangsmäßigen Betrachten der letzten Einträge und des jetzigen fällt mir mein Unglück alleine anhand der Eintragsmenge auf.

„Guten Morgen Schatz", werde ich am Morgen begrüßt. „Guten Morgen." Die Woche beginnt so als wäre nichts gewesen. Und was ist schon schlimm daran? Besser als sich gegenseitig auszuschlachten. „Möchtest Du einen Kaffee?" „Nein, vielen Dank. Ich muss duschen." „Kann ich Dir dann wenigstens ein paar Brote für die Arbeit schmieren?" „Vielen Dank, das ist nicht nötig. Ich hole mir nachher beim Bäcker ein Belegtes." Gesprächsende, die Morgenfragen sind geklärt, ich gehe duschen und Julia bleibt liegen. Sie hat noch eine gute halbe Stunde bevor sie die Mädchen weckt. Ich beginne den Tag gern mit einer ausgiebigen Dusche, lasse mehr Wasser über meinen Körper laufen als eigentlich nötig und trinke noch einen Kaffee bevor ich die Wohnung verlasse. Kaffeegestärkt erfahre ich auf dem Weg zur Arbeit zwischen den 100 anderen Zeitgenossen im Netz die neuesten Nachrichten, wie an diesem Morgen die Ansage, dass der Staat der Hydrabank als der größten Bank in Deutschland staatliche Hilfe gewährt und zig Kommentare dazu. Entweder finden es die Schreiber und Sprecher gut oder schlecht und dazwischen ist nur wenig zu finden. Entweder oder. Ich überfliege die Meinungen nur, das reicht, da ich davon überzeugt bin, dass es sicher besser ist, schlechte Neuigkeiten von sich fernzuhalten. „Ich werde doch verrückt, wenn ich das alles an mich heranlasse", denke ich mir, „da kann ich mich gleich einliefern lassen." Das lasse ich nicht zu.

> Mein Unterbewusstsein habe ich zu dem Zeitpunkt nicht richtig zu bedienen gewusst. War wieder so ein neumodischer Kram gewesen, dass die Welt plötzlich geglaubt hat, persönliche Probleme unter Einbeziehung des Unterbewusstseins lösen zu können.

8.23 Uhr. Schon sind die wenigen Minuten Fahrzeit zu meiner Arbeitsstelle vergangen, ich komme in der Gutleutstraße an und steige aus. Da steht ein Pulk von Menschen bei der Haltestelle und ich schaue genauer, was da ist und erkenne beim nächsten Blick den Grund. Die Frau mit den kreisenden Liliputanern ist wieder da. „Warum muss die sich ausgerechnet diesen Platz aussuchen, um ihre Reden zu schwingen? Und was machen um Himmels willen die ganzen Leute da? Haben die nichts zu tun?", schwirren Gedanken durch meinen Kopf. Die ist der Kracher und ich bin genervt. Ich kann es nicht glauben, dass mittlerweile und auf einmal so viele Zuhörer den Äußerungen der Dame folgen, und abrupt bleibe ich plötzlich selbst stehen und weiß nicht warum. Ich stelle mich in die vierte Reihe, die sich gebildet hat, denn ganz nach vorne komme ich nicht mehr. Die Leute stehen Schulter an Schulter. Und die Liliputaner gehen wieder ihrer gewohnten Arbeit nach. Sie bearbeiten ihre Trommeln und ich höre es: Trommeln Trommeln Trommeln Sie laufen in aufrechter Haltung, den Körper angespannt und stolz. Die Dame lässt sie gewähren und wartet selbst auf ihren Einsatz, der nach wenigen Sekunden beginnt: „Und heute sind wir schon soweit, dass wir es normal finden, wenn der Staat eingreift und Unternehmen auffängt wie jetzt den deutschen Stolz, die Hydrabank. Noch besser bleiben wir hier erst gar nicht stehen: Wir finden es nicht nur normal, wir finden es gut. Der Staat hilft im Endeffekt ja schließlich nur uns, dem Volk."

„Sie hat die Nachricht heute Morgen mitbekommen und stellt sich damit gleich wieder auf ihre Eimer", denke ich mir und sie macht weiter.

„Freie Marktwirtschaft? Die fanden wir gut, zumindest bis gestern. Ausgleichende Wirkung des Marktes, der sich selbst reguliert? Wichtig – aber eben auch nur bis gestern. Schäden, weil einige den Hals nicht voll bekommen konnten? Nehmen wir hin. Schmeißen wir die Marktwirtschaft über Bord und binden die Wirtschaft wieder stärker an den Staat? Klar, wenn es sein muss. Und was, wenn der

Staat am Ende pleite geht? Macht nichts, dann kommen die Russen und Chinesen und kaufen Deutschland auf. Ja und?" Provozierender Blick nach allen Seiten. Während dieser Worte hat wohl jeder Einzelne aus der Menge irgendwann einmal gezuckt und jetzt kommen die Liliputaner wieder: Trommeln Trommeln Trommeln „Und es wird weitergehen. Jetzt hat es begonnen und der Zug hält nicht an. Und was machen die meisten in der Zeit? Nichts – sie sind ja schließlich nicht betroffen. Meistens trifft es andere, Bekannte oder Nachbarn. Und man selbst? Man leidet unter dem Druck der anderen." Trommeln Trommeln Trommeln „Und warum sind wir hier gelandet? Nicht, weil wir selbst Mist gebaut hätten! Nein, wegen der Habgier einzelner, die den Hals nicht voll bekommen. Darunter leiden wir dann alle, oder?" Viele nicken auf ihre Frage mehrfach mit dem Kopf. „Und wissen Sie, was der Hohn an der ganzen Sache ist? Die Verursacher leiden am wenigsten. Die haben ihre Schäfchen im Trockenen. Und andere Menschen interessieren sie sowieso nur peripher bis nicht." Die Liliputaner erheben sich wieder. Alle sehen auf sie. Und sie erfüllen wieder nur die ihnen ganz eigene Aufgabe. Trommeln Trommeln Trommeln und weiter geht es. „Wenn ich Sie mir so anschaue, wie sie hier alle stehen, denke ich bei vielen, dass sie mir Recht geben. Konsumententod auf der ganzen Linie: Den ganzen Tag Nachrichten über Zeitung – Radio – Fernsehen – Internet. Nur sind sie heute so satt, weil sie voll sind, dass sie gar nicht aktiv werden können." Trommeln Trommeln Trommeln „Sie warten still ab und hoffen leise: Bitte lass mich nicht der Nächste sein! Habe mir doch gerade erst den nächsten Schlitten geleast, die nächste Traumreise gebucht oder ganz traditionell für das Kind die neue Babylinie gekauft. Bitte nicht ich und vor allem bitte nicht jetzt!" Trommeln Trommeln Trommeln „Und die Gefahr umkreist sie täglich. Mögen Sie es auch gar nicht merken. Sie schleicht um Sie, kreist sie ein und nimmt Ihnen manches Mal die Luft." Die Frau ist krass. Ich habe Gänsehaut. „Und auch heute ist sie wieder ganz nah bei Ihnen. Wir spüren sie täglich: Die Luft wird dünner, der Geldbeutel auch. Beim Einkaufen ist es eben doch nicht mehr die Biogurke, bei der Urlaubsplanung nicht mehr die Buchung der Fernreise im Januar und wenn man zu den 90 Prozent der gesetzlich Versicherten gehört, dann spürt man es spätestens in der Apotheke, wenn man trotz anderen Wunsches zum zehnten Mal Generika in Empfang nimmt." Trommeln Trommeln Trommeln Die Liliputaner kennen ihre Einsatzzeiten ganz genau. „Ja, und was sagt die Politik dazu? Wir machen, was wir können und es ist gut, aber ist es das wirklich? Ja, das frage ich alle hier. Wir wissen es eben nicht. Bedienen wir uns lieber eines anderen Propheten für Antworten, unserer Wirtschaft. Von außen ankommend ist der aktuelle Niedergang nach Europa gezogen und schon lange in Deutschland angekommen." In der ersten Reihe vorne getraut sich einer eine Frage zu stellen: „Und was wollen sie uns mit all dem sagen?" „Guter Mann, ich will damit sagen, dass wir uns alle dagegen stellen müssen. Alle! Nicht einer, sondern wir alle. Gegen die stellen, die den ganzen Schlamassel angerichtet haben. Fangen Sie klein an, stellen sie sich gegen ihren Chef in der Firma, wenn er sie zum wiederholten Male kleinzuhalten versucht, wenn er ihnen zum wiederholten Mal zu erklären versucht, dass sie mehr verkaufen müssen, wenn Sie Ihren Arbeitsplatz erhalten wollen. Glauben Sie seinen Versprechen nicht, denn für ihn ist es wieder ein weiteres Mal nur ein Anreiz, sie unter Druck zu setzen, dass sie mehr verkaufen. Es geht ihm in Wirklichkeit doch gar nicht um Sie, es geht ihm nur um das Geschäft!" Trommeln Trommeln Trommeln Die Ersten klatschen. „Und zum wievielten Male wollen sie nachts noch wach liegen und sich Sorgen machen? Zum wievielten Male soll Angst noch ihre Seele auffressen? Ja, ich spreche von der Angst, welche viele gar nicht kennen und die sich durch ihr Unterbewusstsein frisst." Wieder unterbricht sie klatschen. Ich stehe da und höre mir alles an. 9.09 Uhr ist es mittlerweile, ich bin zu spät und es ist mir egal. Mitgeklatscht habe ich bis da nicht. In meinen Fingern vibriert es. Das einzige, was mir wirklich egal ist, ist das Zuspätkommen. „Wer ist diese Frau nur?", denke ich mir, „vor ein paar Wochen standen noch drei Leute vor ihr, die sich anscheinend verlaufen hatten und heute reißt sie eine Masse mit!" Die Frau stellt sich ein weiteres Mal in Position. Trommeln Trommeln Trommeln Sie zeigt wie ihre zwei Liliputs, was Haltung bedeutet, stellt sich auf und scheint unter Spannung zu stehen. Auf einmal ist sie hübsch. Energie umgibt ihren Körper. Die Liliputaner laufen weiter im Kreis. Voller Stolz schwenken sie ihre Trommeln und sehen zu der Frau hinauf. Auch die Boss-Anzüge und Gucci-Kostüme blicken zu der Dame auf Plastikeimern. Von außen betrachtet hat sie hier im Kreis mehr als die Anzüge und Kostüme zu bieten. Zumindest hat sie mehr Ausstrahlung und Energie. Und die Trommeln kreisen weiter. „Und wissen Sie alle wie Sie hier stehen: Ob ich von Osten oder von Westen komme, treffe ich auf Menschen, die Geld haben. Man sieht es ihnen an, denn sie legen Wert darauf, dass man es sieht. Man sieht ihnen oft aber noch viel mehr an. Innen wirken sie leer, zumindest sagen ihre Augen das. Ja, und die, die leer sind, haben in meinen Augen noch Glück, denn die anderen haben richtig Pech, die haben nämlich Angst."

Trommeln Trommeln Trommeln „Und mir könnte es eigentlich egal sein. Ist es mir aber nicht. Niemand ist mir egal, der sich schon lange an den Belzebub verkauft hat und es nicht einmal merkt. Wissen Sie, früher war alles noch ehrlicher. Da waren es die Fürsten, die uns regiert haben und die haben mit ihrer Macht nicht hinter dem Berg gehalten: Ich bin der Fürst und du auf jeden Fall weniger als ich. Da war die Sache geklärt. Heute aber haben wir Gewerkschaften, Betriebsräte und Tarifverträge. Wir haben festgelegt, wie viel Urlaub uns zusteht. Ich will das gar nicht runterspielen. Nicht jedes Land hat das, es gibt ganz andere Beispiele. Aber am Ende entscheidet doch nur einer und der ist Teil der Chefetage. Wenn die nicht wollen, dann lassen sie sich von ihrem Arbeitnehmer doch nicht die Butter vom Brot nehmen. Nicht von denen, denen sie ja sogar noch ein 13. Monatsgehalt gönnen, um dem sozialen Anspruch gerecht zu werden. Ich bitte Sie, so naiv will doch keiner sein, oder?" Dieses Mal trommelt keiner ihrer Trommel-Jungs. Betretene Stille. „Ja, meine Damen und Herren, denken Sie doch einmal selbst darüber nach. Wo stehen Sie denn selbst? Haben Sie eine Ahnung?" Kurze Pause. „Ich heiße übrigens Gila von Weitershausen, Sie haben mir jetzt ja doch eine ganze Weile zugehört und ich möchte an dieser Stelle enden. Vielen Dank für Ihre Aufmerksamkeit und viel Erfolg beim

Nachdenken." Trommeln Trommeln Trommeln und Ende. Abruptes Ende. Keiner fordert sie dazu auf weiterzumachen, aber viele klatschen. Ich klatsche mit. Die, die sich vor wenigen Minuten noch nicht einmal gekannt haben, sind spontan und für den Moment eine Gruppe geworden. Was wird weiter passieren? Das überlege ich mir auf dem kurzen Weg zu FDV. Es ist zwar Montagmorgen und ich fühle mich montags normalerweise nicht besonders gut, weil es sich montagmorgens eben nie besonders gut anfühlt, aber heute geht es mir anders. Die Menge und Gila sind noch in mir und das fühlt sich richtig an. Bei FDV angekommen, laufe ich durch die Eingangstür und bin wie gewohnt freundlich zu meinen Kollegen, den Putzfrauen und Erhart. Es ist 9.14 Uhr, ich bin also zu spät gekommen und den Kaffeeautomaten hat folglich jemand anders eingeschaltet, obwohl das normalerweise meine Aufgabe ist. Es rasen alle Kollegen wild um ihre Arbeitsplätze herum. „Was ist denn hier los?", frage ich Max an meinem Platz angekommen. „Wir bekommen hohen Besuch aus China", antwortet dieser während er nicht lacht und den Staub von seiner Tastatur wischt. „Und von wem genau?" „Der Chef hat vorhin über Lautsprecher eine chinesische Delegation für heute Morgen 11 Uhr angekündigt." „Und was wollen die?" „Das hat er nicht gesagt, aber manche vermuten, dass die mit in das europäische Versicherungswesen einsteigen wollen." „Und das von heute auf morgen?", schaue ich ihn an. „In Zeiten wie diesen muss man doch froh sein, wenn das Ausland noch Interesse am Unternehmen zeigt." „Und das so plötzlich?" Ich will natürlich nicht, dass Max anderen erzählt, dass ich an dem Besuch zweifle, weshalb ich noch schnell mit einem Lachen, sowie er es gerne hat, hinzufüge:„Nichtsdestotrotz freue ich mich natürlich, wenn wir im globalen Wettbewerb sogar Chinesen von unseren Dienstleistungen überzeugen können." „Ja, und die wollen wie gesagt um elf hier erscheinen. Wir haben laut dem Chef in der Zeit bis dahin nichts anderes zu tun als unseren Arbeitsplatz auf Vordermann zu bringen. Es soll alles gut aussehen." Ich schaue mich um und frage mich, was ich in knapp 1,5 Stunden noch auf Vordermann bringen könnte? Meinen Arbeitsplatz verlasse ich immer in einem guten Zustand. Die Putzfrauen sind am Samstag sowieso im Haus und es ist alles tipp top. Also bewege ich lustlos ein paar Stifte hin und her bis mir plötzlich wieder die Dame von vorhin einfällt. Wer ist sie genau? Wie hat sie noch einmal geheißen? Gila von Weitershausen? Muss ich doch direkt bei google eingeben, ob etwas über sie zu finden ist. Ich schaue mich um, sehe, dass mich niemand beobachtet und gehe in meine acht Quadratmeter Freiraum. Direkt ist die Luft ganz anders, viel freier. Die Rechner sind noch nicht an, weshalb ich sie erst hochfahren muss. Der Raum gefällt mir einfach. Zwar trennt ihn nur die Wand von den Kollegen, aber wenn er einmal leer ist, ist er meiner. Google – Gila von Weitershausen. Als die Tür aufgeht, bin ich so vertieft und merke es nicht. Einmal gibt es einen direkten Link auf ihren Namen. Gerade als ich darauf klicken will, höre ich von hinter mir: „Schumacher, was bilden Sie sich nur ein, sich meinen Anweisungen zu widersetzen?! Sie kommen schon zu spät zur Arbeit und verlassen trotz eindeutiger Ansage ihren Arbeitsplatz ‚um im Internet zu surfen!", brüllt er. Erhart ist außer sich. Wenn er etwas nicht leiden kann, dann das, wenn sich einzelne seinem Willen widersetzen. Jetzt bin ich dran. Ich weiß nichts zu erwidern und stehe mit weit aufgerissenen Augen vor ihm. Erhart hat mich jetzt in der Öffentlichkeit vor allen angeschrien, das konnten auch außerhalb der acht Quadratmeter alle hören. Er hat mich damit vor vielleicht 40 von 45 Kollegen bloßgestellt, wenn ich an der Stelle mal davon ausgehe, dass einige an diesem Morgen Urlaub haben oder krank sind. Und das ist noch nicht alles. Ich habe keinen Zweifel daran, dass das noch ein Nachspiel haben wird. Erharts Augen funkeln gefährlich. Schnellstens stehe ich von daher auf und folge Erhart in das Großraumbüro zurück. „Schumacher, das war nicht intelligent!", höre ich ihn mir noch beim Vorbeilaufen zuzischen. Meine Euphorie von vorhin ist dahin. Keine Gila von Weitershausen mehr, die nackte Realität hat mich wieder. Damit hatte ich nicht gerechnet. Vor allem habe ich so etwas auch noch nie getan und mich dem Willen meines Chefs widersetzt. Ich kenne ja unzählige Beispiele, wohin das führen kann. Und bei allen Fällen habe ich mir jedes Mal nur dasselbe gedacht: Wie können die nur so blöd sein? Machen sich das Leben nur unnötig schwer. Zurück an meinem Schreibtisch fange ich sofort an, die Tastatur des Computers zu putzen und will gar nicht mehr damit aufhören, immer in der Hoffnung, dass Erhart mich immer noch heimlich beobachtet. Jetzt will ich ihm wieder den zuverlässigen Schumacher präsentieren, zuverlässig und arbeitstreu. Die Zeit vergeht schnell und mir fällt sowieso nichts mehr auf, da ich mit Putzen beschäftigt bin. 10.30 Uhr dann die nächste Durchsage: „Meine lieben Mitarbeiter, in dreißig Minuten werden unsere Gäste erscheinen. Ich möchte Sie darum bitten, sich jetzt dann an Ihre Plätze zu begeben, alles Unnötige vom Tisch zu räumen, ihren Computer einzuschalten und ihrer täglichen Arbeit nachzukommen. Wenn wir durch die Räume laufen, dann bitte ich Sie um absolute Ruhe. Konzentrieren Sie sich auf Ihre Arbeit. Der Durchgang durch die Büroräume wird nicht lange dauern. Seien Sie also ab Elf bereit, diese Arbeitsanweisung lückenlos umzusetzen. Danke." Ansage beendet. Mich fröstelt es immer noch. Zum Glück hat Erhart den Vorfall nicht noch einmal öffentlich erwähnt. Noch zwei Minuten bis 11 Uhr. Obwohl ich nichts machen muss, wenn der Besuch kommt, werde ich immer nervöser, und beginne im Geiste rückwärts zu zählen. Noch knapp 120 Sekunden, dann ist es so weit. Nicht, dass ich und die anderen Mitarbeiter die Ankunft der Gäste mitbekommen hätten, da sie sicher erst einmal in der Firmenlounge empfangen worden sind, aber nichtsdestotrotz steigt die Spannung wegen ihres Durchgangs durch unsere Büroräume. Die Chinesen sind sicher pünktlich. Das ist ja allseits bekannt, dass sie Wert darauf legen. Laut der überdimensional großen Digitaluhr, welche den Arbeitsraum schmückt, sodass alle, aber auch wirklich alle Mitarbeiter jederzeit darauf blicken können, sind es noch 51 Sekunden. Die Anspannung steigt. Das kann man mir ansehen, das kann man Max ansehen, das kann man jedem ansehen, wenn man es nur sehen will. Jetzt gilt nur noch eins: Wenn die Türe aufgeht, dann ist es oberste Pflicht, ein gutes Bild abzugeben. 10 Uhr 59. Die Tür geht auf. Erhart erscheint zusammen mit drei anderen im Raum. Zwei davon sind Chinesen in Anzügen, die dritte ist eine Chinesin im Kostüm. Wie sich herausstellt, ist sie die Übersetzerin. Erhart steht neben ihr und scheint gerüstet. Die Besucher lächeln freundlich, lachen alle Mitarbeiter Kopf nickend immer wieder an und die Übersetzerin wendet sich je nach Übersetzungslage zu einem der drei Herren. Viele Worte gewechselt werden im Verlauf des Durchgangs nicht. Nach wenigen Minuten ist der Gang auch schon beendet und die Vier verlassen wieder den Raum. In Erharts Zimmer werden Häppchen gereicht. Bei uns herrscht Totenstille im Raum. Erst Frau Maiers Eintreten ändert den Zustand: „Meine Damen und Herren, Herr Erhart bittet Sie darum, nun wieder wie gewohnt Ihrer Arbeit nachzugehen." Sie kommt zu mir und sagt mir leise, dass sich Erhart am Wochenende noch einen Online-Benimm-Kurs im Umgang mit Chinesen angesehen hat. Sie mag mich und füttert mich manchmal mit Infos. Warum überrascht mich das mit dem Benimmkurs nicht? Knapp 40 schnaufen auf die Aussage hin aus. Ich mache mich wieder an meine Arbeit und checke meinen Maileingang, der mich mit dem Hinweis „Sie haben neun ungelesene Nachrichten" begrüßt. „Sehr geehrter Herr Schumacher, ich schreibe Ihnen, weil ich meine Versicherungspolice aus persönlichen Gründen zum nächstmöglichen Termin kündigen möchte. Ich bitte Sie von einem Rückgewinnungsversuch Ihrerseits abzusehen. Mit freundlichen Grüßen, Lioba Bruckner" „Treffer", denke ich mir, „hätte das lieber dein Mann ordentlich in die Hände genommen." Beim Aufrufen der nächsten Mail soll ich nun wieder überrascht werden. Dieses Mal ist von Frau Maier, die mir in dem Moment von hinten auf die Schulter klopft: „Herr Schumacher, ich möchte Sie von Herrn Erhart aus bitten mitzukommen. Die Delegation aus China möchte gerne mit einem Mitarbeiter sprechen. Herr Erhart hat Sie dafür ausgewählt." Unwillkürliches Zittern – Blutarmut im Kopf – Blutdruck gefühlt über 200 in zwei Sekunden sind bei mir Folge der Aussage. Warum ich? Will er mich bloßstellen? „Und Herr Schumacher, wenn Sie zuvor bitte noch einmal kurz auf Toilette gingen, um Ihre Haare zu kämmen. Sie wissen ja, wie das mit hohem Besuch so ist", versucht sie ein Lächeln. Aha! Jetzt verstehe ich auch, warum sie mir das vorhin mit dem Benimmkurs erzählt hat. Sie wusste schon, dass ich eingeladen bin. Da muss er meine Person vor heute Morgen festgelegt haben. Wenn er mir nichts Blödes will, dann fand er mich vor heute Morgen einfach zuverlässig. Alleine vor dem Spiegel schießen mir tausend Gedanken durch den Kopf. Alles entscheidend jedoch immer die eine Frage: „Warum ich?" „Was wollen die von mir?", schreit es auch dann noch in meinem Kopf als ich die Türe wieder öffne, vor der Frau Maier auf mich wartet. „Kommen Sie Herr Schumacher, ich begleite Sie in die Lounge", erklärt sie und öffnet die Tür. Ich bin noch nie zuvor dort gewesen, habe aber auch keine Zeit mich umzuschauen und zum Beispiel einen der acht dicken Ledersessel wahrzunehmen. „Herr Erhart, Herr Schumacher ist da", spricht die Sekretärin leise zu unserem Chef bevor sie die Erlaubnis bekommt, mich eintreten zu lassen: „Vielen Dank Frau Maier." Ich trete ein und vier Augenpaare schauen mich an – drei davon mit einem Lächeln um die Augen, eines eher ausdruckslos. „Das zu meiner Linken ist Frau Li", stellt Herr Erhart mir die Dame vor, „und das ist Herr Jin und Herr Jilang". Freundliches Zunicken im Raum, dann Frau Li, die Herrn Jins Frage übersetzt: „Herr Schumacher, wie würden Sie Ihre Firma beschreiben?" Kurzes Überlegen: „Wir sind ein großes, bedeutendes Unternehmen mit der Konzernzentrale in Chicago. Von dort aus werden uns ständige Impulse gesendet und wir werden unterstützt, sodass wir uns in Deutschland aktuell auf dem ersten Platz in unserem Versicherungsbereich positionieren können." Frau Li übersetzt und übersetzt auch wieder zurück. „Herr Schumacher, der Name unserer Firma lautet `Peking Insurance` mit Sitz in Peking. Wir sind nach Deutschland gekommen, um Ihre Firma kennenzulernen. Herr Jin und Herr Jilang würden gerne wissen, wo aus Mitarbeitersicht die Stärken und Schwächen FDVs liegen?" Ich schauen unsicher zu Erhart, spreche erst dann:

„Wie in jedem Betrieb müssen die Mitarbeiter hinter ihrem Unternehmen stehen. Wir verstehen uns als Basis und sind alle sehr engagiert. Wir kommen morgens pünktlich ins Büro und erfüllen unsere täglichen Arbeiten gewissenhaft. Wir sehen FDV als zuverlässigen Arbeitgeber für alle Mitarbeiter." Kurze Unsicherheit mit unsicherem Blick wieder zu Erhart bevor ich selbstbewusster weiterspreche: „Wir wissen, dass Regeln, die einmal aufgestellt worden sind, eingehalten werden müssen. Wir wissen, dass wir nur ein kleines Rad im großen Getriebe sind. Als solches können wir uns keine Fehler erlauben." Sie übersetzt wieder. „Ja, Herr Schumacher, Ihre Ausführungen bezüglich der Stärken genügen den Herren. Wo würden Sie denn die Schwächen sehen?" Ich räuspere mich, warte auf ein zustimmendes Nicken von Ehrhard, das aber nicht kommt. Ich zucke zusammen: „Von Schwächen zu sprechen, betrachte ich als völlig falsch. Ein System kann immer nur stark sein, wenn auch sein schwächstes Glied noch stark ist. Und wir, die knapp 45 Mitarbeiter des Unternehmens hier am Standort wissen das. Schwächen kann sich ein Unternehmen nicht leisten, wenn es im globalen Wettbewerb mithalten will. Die weltweiten Märkte sind offen und fordern tägliche Mitarbeit von jedem Einzelnen." Bin das wirklich ich, der gerade spricht? Frau Li übersetzt wieder. Ein Lächeln der

Herren erreicht mich. Erhart schaut mich immer noch ausdruckslos an. „Herr Schumacher, als letzte Frage möchten Herr Jin und Herr Jilang aufgrund ihrer Ausführungen nun wissen, was Sie als Mitarbeiter sich vorstellen könnten, wie sich das Unternehmen in Zeiten der globalen Krise aufstellt und was passieren wird? Ob auch ein Land wie China als neuer Markt in Frage kommt?" Jetzt habe ich mich warm geredet: "Wie ich ja schon gesagt habe, sind die weltweiten Märkte offen und dazu da, um Neuland zu erobern..." Erharts scharfer Blick lässt mich doch verstummen. „Möchten Sie noch etwas ergänzen?", lacht die Lady mich an. „Nein", ist jetzt meine kurze Antwort. Obwohl ich noch etwas zu sagen gehabt hätte, will ich nicht mehr.

Sie übersetzt wieder und übersetzt zurück. „Herr Schumacher, ich bedanke mich im Namen von `Peking Insurance für das Gespräch." Alle lächeln außer einem. Ich will innerlich schreien, denn das habe ich mir gar nicht zugetraut. Ich habe trotz Erharts dummem Gesicht zeitweise das Gefühl gehabt, richtig gut gesprochen zu haben. „Der Morgen hat mit der Weitershausen schon komisch begonnen, aber dass der Tag so weitergehen würde, hätte ich nicht geglaubt", denke ich mir und weiter „Scheiß Erhart!". Das habe ich mir noch nie zu denken erlaubt – zumindest nicht bis zu diesem

Morgen. Und das Gefühl verlässt mich auch bis Feierabend nicht. Kaum dass die große Uhr 16 Uhr anzeigt, bin ich auch schon aus der Firma verschwunden. Eigentlich bleibe ich immer noch ein bisschen länger, um zu zeigen, dass ich ein guter und zuverlässiger Mitarbeiter bin, aber heute ist es mir schlichtweg egal. Einmal tief Luft holend verlasse ich das Büro, laufe an dem Platz vorbei, wo die Dame mit ihren Liliputanern heute Morgen noch große Reden geschwungen hat und bemerke, dass ich in meinen Gedanken weit weg bin, bleibe stehen und packe mein Diktiergerät aus, um die Ereignisse des Tages erst einmal festzuhalten bevor ich nach Hause komme. Mir fällt dabei auf, dass die gefühlte Dringlichkeit in mir selbst begründet ist. Als ich mit der Aufnahme fertig bin, steige ich in die Bahn. „Ich muss das jetzt aber doch irgendwem erzählen, sonst platze ich", denke ich mir, „hoffentlich ist Julia zuhause." Für solche Momente ist eine Ehefrau eben doch gut. Die Straßenbahn fährt am Hauptbahnhof vorbei und erreicht nach wenigen Minuten meine Heim-Haltestelle. „Ich halte es gleich nicht mehr aus", werde ich immer nervöser und renne fast nach Hause. Hastig öffne ich die Wohnungstür, wo Rocky mich laut bellend und jaulend empfängt: "Mensch Rocky, man könnte wirklich meinen, wir hätten uns eine Ewigkeit nicht mehr gesehen!" rufe ich und laufe weiter:

„Julia, bist Du da?" Keine Antwort. „Toll", denke ich mir „das passt ja wieder. Hätte ich mir denken können. Wenn ich einmal etwas zu erzählen habe." Es dauert für mich noch eine halbe Ewigkeit bis endlich der Schlüssel in der Haustüre zu hören ist. „Tobias!", ruft sie aufgeregt. Ich antworte nicht. „Tobias! Wo bist Du?", ruft sie noch lauter. Ein Blick in ihr Gesicht genügt. „Was ist los?" „Anna ist weg!" „Bist Du Dir sicher?" „Ja, verdammt noch mal!" „Wo kann sie denn sein?" „Sag mal, bist Du wirklich so blöd?", schießt es aus ihr heraus, „meinst Du wirklich, dass ich hier so herumrennen würde, wenn ich es wüsste." Ich schaue sie ungläubig an: „Und warum hast Du mich nicht gleich angerufen?", schreie ich jetzt zurück. „Da fragst Du mich noch? Schau Dich doch mal an. Mit Dir ist in solchen Situationen doch nichts anzufangen! Du machst doch alles nur schlimmer!" „Meine Tochter ist weg und Du gibst mir nicht mal Bescheid?!", schreie ich ungläubig. „Für was? Dass Du uns mit Deinem Geschrei und Deiner Art wahnsinnig machst?", faucht sie, „und wenn ihr etwas passiert sein sollte, dann kannst Du Dich warm anziehen?", droht sie mir. „Ich?" „Ja Du. Dann bist nur Du schuld. Wegen mir ist sie sicher nicht weg!", schreit sie weiter und rennt auf mich zu. Ich gehe zur Seite und halte sie am Arm fest: „Julia, weißt Du eigentlich, was Du da redest?" „Ja, das weiß ich ganz genau", ist sie außer sich, „meinst Du, die Kinder haben keine Angst vor Dir, Du Choleriker!" „Julia, jetzt mach mal langsam. Wir wissen nicht, wo sie ist und wir wissen nicht, was passiert ist. Vielleicht sollten wir die Polizei rufen?" Keine Antwort. „Julia, ich rufe jetzt die Polizei an", versuche ich es noch einmal, aber bekomme wieder keine Antwort. Also laufe ich zum Telefon und wählte die 110. „Polizeirevier Frankfurt Innenstadt, Hansen am Apparat. Was kann ich für Sie tun?" „Guten Tag. Mein Name ist Tobias Schumacher. Unsere Tochter ist verschwunden. Sie heißt Anna und ist sieben Jahre alt. Sie ist von der Schule nicht nach Hause gekommen", versuche ich die Situation zu erklären. „Das heißt, sie ist jetzt seit vier Stunden verschwunden. Kann sie vielleicht bei einer ihrer Freundinnen sein?", fragt der Polizist. „Denken Sie eigentlich, meine Frau und ich wären nicht von selbst darauf gekommen, das schon zu überprüfen?", kann ich mich jetzt nicht beherrschen. „Das meine ich natürlich nicht. Ich wollte lediglich nachfragen, Herr Schumacher. Ich schicke Ihnen am besten einen Streifenwagen vorbei. Wie heißt Ihre Straße? „Schillerstraße 12." „Alles klar, ich gebe den Kollegen gleich Bescheid." Und schon ist das Telefonat beendet und Julia und ich bleiben mit unseren Sorgen wieder alleine zurück. Kurze Zeit später klingelt es an der Tür. Ein Polizist und eine

Polizistin treffen ein und setzen sich zu uns auf das Sofa dazu. „Guten Tag Herr Schumacher, guten Tag Frau Schumacher, mein Name ist Anja Schmid und das ist mein Kollege Peter Schindler. Wir bedauern den Grund unseres Zusammentreffens sehr. Ich stelle Ihnen jetzt ein paar Fragen: Wie ist der Name Ihrer Tochter?" „Anna", antwortet Julia. „Und seit wann ist sie nicht da?" „Seit heute Mittag nach der Schule ganz sicher, da wollte ich sie nämlich abholen", gibt Julia nun an. „Und wissen Sie aber, ob sie heute Morgen in der Schule war?" „Ich habe sie doch hingebracht", wird Julia fahrig. „Gut, ich probiere jetzt am besten jemanden in der Schule zu erreichen um nachzufragen. Frau Schumacher. Ich glaube Ihnen natürlich, aber das ist Vorschrift. In welche Schule geht sie denn?" „Breitschwerdtgrundschule bei uns im Block." Anja Schmid geht nach draußen und kommt kurze Zeit später wieder zurück: „Frau Schumacher, Herr Schumacher, ich muss Ihnen leider mitteilen, dass Ihre Tochter heute Morgen gar nicht in der Schule war. Ihre Klassenlehrerin ist nicht mehr da gewesen, aber die Sekretärin war noch da und hat im Klassenbuch nachgesehen." Totenstille. Zwei Sekunden, dann fängt Julia wie wild an zu schreien: „Ich habe sie doch hingebracht – Ich habe sie doch selbst hingebracht!!!" „Frau Schumacher, das glauben wir Ihnen doch. Bitte beruhigen Sie sich." „Ich habe sie doch bis vor die Tür gebracht", jammert Julia jetzt fast lautlos, „Tobias, so hilf mir doch", schaut sie mich Hilfe suchend an. Ich, der schon in weniger schwierigen Situationen kein Held ist, schaue durch sie hindurch. "Schatz, wie denn?" „Tobias, ruf bitte Du bei den Müllers an, Svenja haben wir heute Morgen getroffen, als sie in die Schule ist. Die Nummer steht draußen im Heft." Ich gehe nach draußen, um Julias Bitte nachzukommen: 352781 ist die Nummer der Müllers: „Müller" „Ja, Frau Müller, Schumacher hier am Apparat, der Vater von Anna Schumacher. Ist Ihre Svenja zuhause?" „Ja, Herr Schumacher, einen Moment bitte, sie ist in ihrem Zimmer. Svenja, kommst Du bitte mal?" Die kleine Svenja mit der ihr zu großen Brille geht ans Telefon: "Ja?" „Svenja, ich bin Annas Papa. Meine Frau hat mir erzählt, dass Du Anna heute Morgen vor der Schule gesehen hast?" „Ja, das stimmt. Ich musste noch einmal aufs Klo. Als ich aber fertig war, war Anna nicht mehr da. Unsere Lehrerin hatte sich in der Stunde auch noch gewundert, aber ich habe ihr erklärt, dass Frau Schumacher dabei gewesen war", erzählt sie stolz, weil sie etwas weiß. „Ja, und danach hast Du sie nicht mehr gesehen?" „Nein, Herr Schumacher", wird es der Kleinen nun mulmig, „ist was mit der Anna?" „Nein, mach Dir keine Sorgen, alles okay", lüge ich und lege auf. Kleinlaut und tief getroffen gehe ich zurück zu Julia und den Polizisten, wo ich kein Wort sagen muss und Julia auch so weiß, was ich sage. „Nein", schreit sie, „Nein, nein, nein", immer wieder „Nein". Sie zittert am ganzen Körper. „Frau Schumacher, Herr Schumacher", fasst sich der Polizist wieder, „ich werde jetzt informell schon einmal alle Streifen verständigen. Die meisten davon sind schon seit heute Morgen im Einsatz. Vielleicht ist einer der Streifen etwas aufgefallen." Er geht nach draußen zum Telefonieren und Frau Schmid bleibt bei uns bis er auch sie nach draußen ruft "Anja, kommst Du bitte mal?" „Frau Schumacher, Herr Schumacher, sie entschuldigen mich bitte einen Moment." „Anja, ich habe den Einsatzleiter am Telefon," sagt der Kollege, „der für solche Fälle zuständig ist. Er meint, dass wir die Eltern um ein Stück Stoff bitten sollen, an dem der Geruch der Kleinen ist. Die Suchhundestaffel wird sich bereit machen. Sollte das Kind verschwunden bleiben und wir haben nicht schnell genug reagiert, wird die Öffentlichkeit uns zerfleischen", höre ich den Polizisten zu seiner Kollegin sagen und mir wird es ganz schlecht. Anja ist noch jung, hat wahrscheinlich wenig Erfahrung im Umgang mit solchen Fällen und sie muss erst zwei Mal ganz tief durchatmen bis sie sich ein Herz gefasst hat: „Okay, ich übernehme das." Langsamen Schrittes geht sie zu uns zurück, um uns zu fragen. „Entschuldigen Sie, dass ich Sie noch einmal bitten muss", lässt Anja Schmid mittlerweile schon die persönliche Ansprache weg, „aber wir haben Kontakt mit dem Einsatzleiter aufgenommen. Der ist der Meinung, dass…" , tiefes Durchatmen, „dass Sie uns am besten ein Stück Stoff geben würden, das nach Ihrer Tochter riecht. Sie brauchen es unter Umständen für die Suchhundestaffel." „Nein!", schreit Julia wieder, „Nein, nein, nein!!!" Julia rennt zu mir und schlägt auf mich ein, „Nein, nein, nein! Du bist an allem schuld! Du – nur Du!" „Frau Schumacher, so beruhigen Sie sich doch, wir wollen noch nur die Chancen erhöhen, Ihre Tochter bald zu finden." „Und was ist, wenn wir sie nicht finden?", schluchzt sie. „Frau Schumacher, bitte helfen Sie uns." Julia bricht zusammen und liegt wie ein kleines Kind zusammengekauert auf dem Boden und schlägt um sich. Die Polizistin geht zu ihr und versucht sie zu beruhigen. Ich blicke Anja Schmid an, „ich übernehme das", und gehe in den Keller, weil ich weiß, dass Julia vor kurzem Annas alten Bären dorthin gebracht hat. Wenn ich den jetzt nur schnell finde, bevor Julia noch mehr die Fassung verliert. Ich nehme den Schlüssel, eine Taschenlampe und gehe in den Keller. Das Haus ist aus den Sechzigern und die Treppen in den Keller sind eng gebaut. Normalerweise rege ich mich darüber immer auf, aber heute nehme ich es nicht einmal wahr. „Nur schnell den Bären finden", geht es mir immer wieder durch den Kopf, „was soll ich nur machen, wenn ich ihn nicht finde?", treibe ich meine Angstgedanken weiter, „oh, ich muss ihn finden", drehen meine Gedanken Pirouetten und ich habe das Ende der Treppe erreicht. Eigentlich hätte ich die Taschenlampe gar nicht gebraucht, da wir Licht im Keller haben, doch es genügt mir nicht. Deshalb schalte ich die Lampe ein, aber gleich auch wieder aus, denn hinten in der Ecke scheint es hell. Zwar nur ein kleiner Strahl, aber ich erschrecke. Aus Angst vor der eigenen Einbildung laufe ich weiter und sehe das Licht immer noch, umso näher ich unserem Keller komme. Mit ganz kleinen Schritten nähere ich mich der Lichtquelle, öffne die Kellertüre. Dort bleibe ich stehen, nehme einen Besen und schiebe ihn zur Decke, wo ich das Licht sehe. „Was soll das?", denke ich mir und schiebe den Besen wenig mutig langsam weiter. „Was soll das jetzt?", lüpfe ich die Decke ohne Sinn. Ich will sie nur lüpfen, um für mich selbst etwas getan zu haben. Und als ich sie so langsam lüpfte, traue ich meinen Augen nicht. Ich halluziniere. Jetzt sehe ich meine Anna dort liegen und will nach ihr greifen und will sie berühren und weiß doch, ich werde ins Leere greifen. Und da liegt sie und ich bin so glücklich und greife trotzdem zu. Ganz rot geweinte Augen hat sie und schaut mich an. „Papa", schluchzt sie. Ich höre sogar ihre Stimme – oh, es tut so gut ihre Stimme zu hören. „Anna…" Ist sie es wirklich? Und sie schluchzt noch heftiger: „Papa, gestern, als Rocky weg war, da hattest Du Dir wirklich Sorgen gemacht, ich meine so richtig. Und dann hatte ich noch Angst gehabt, dass ich vielleicht schuld daran sein könnte, dass er weg ist. Und dann hatte ich Angst, was Du mit mir machen würdest, wenn wir ihn nicht mehr finden." Ich realisiere, dass das wirklich meine Anna sein muss. „Aber Anna", versuche ich sie in den Arm zu nehmen. „Nein, Papa", versucht sie sich zu befreien, „ich wollte einfach wissen, ob du Dir um mich genau so viele Sorgen machen würdest und dann habe ich meine Taschenlampe genommen und Mister Snow aus New York und dann habe ich die ganze Zeit nur darauf gewartet, dass ihr mich findet." „Anna…" Ich bin fassungslos. Anna kann sich gar nicht mehr beruhigen und weint hemmungslos. „ Papa, was wäre nur gewesen, wenn ihr mich nicht gefunden hättet?" Ich sehe sie nur an und kann nichts sagen. Nicht einmal das Drücken gelingt mir richtig. Anna, meine Anna, mein Engel, hat mir solch eine Angst eingeflößt. Alles und jeder hat mir irgendwie schon Angst oder Sorgen bereitet, aber sie und Paula nicht. All diese positiven Gefühle und dann solch ein Test von meiner eigenen Tochter, meinem eigenen Fleisch und Blut. Ich verstehe die Welt nicht mehr. „Komm

Anna, gehen wir nach oben zur Mama, die hat sich schon große Sorgen gemacht." Ich will sie nicht einmal tragen. Ich will nicht. Anna geht hinter mir her und erst als die Wohnungstüre aufgeht, fängt sie an zu rennen: „Mama!" „Anna!", ruft Julia nur, „Anna!". Hinter Julia laufen die beiden Polizisten hinterher. Im Gang springt Anna auf Julias Arm. Die Polizisten schauen verwirrt, aber Entspannung zieht sich schnell über ihr Gesicht. „Sie war im Keller gewesen", kläre ich Annas Erscheinen lapidar auf. „Im Keller? Anna?" Julia drückt sie ganz fest an sich. „Ja, im Keller. Sie wollte testen, wie wir auf ihr Verschwinden reagieren…" „Anna, warum hast Du das gemacht?" „Sie ist ein Kind", versuche ich Anna vom Reden abzuhalten, da ich das Gespräch nicht auf mich lenken will. Es gelingt mir auch. Die Polizisten packen ihre Sachen zusammen und gehen: „Sehen Sie Herr Schumacher, ist doch noch alles gut ausgegangen", beendet Schindler an der Tür den Termin. „Ja, darüber bin ich auch sehr froh", schließe ich das Gespräch, laufe ins Schlafzimmer und lege mich in mein Bett. „Tobias, willst Du nicht auch noch etwas essen?", kommt Julia später zu mir, aber ich stelle mich schlafend. Hat sie schon vergessen, was sie mir an den Kopf geschmissen hat? Ich der Schuldige, ich der Schlechte… Pah! Mit der werde ich heute bestimmt nichts mehr essen… Pah! Ein bisschen Stolz habe ich schließlich auch noch. Der Tag vergeht und die Wolken bleiben bis zur Nacht. Von den Mädels höre ich nicht mehr viel und ich überlege mir, was ich jetzt tun könnte, aber mir fällt nichts ein. Irgendwann scheine ich eingeschlafen zu sein, denn plötzlich höre ich Julia mir ein „Ich liebe dich" ins Ohr flüstern und vernehme den ihr ganz eigenen Duft, den ich an ihr so sehr liebe. Der Duft kann was, würden meine Kleinen sagen und er trägt mich in den Schlaf. Ein paar Stunden später weckt mich der Wecker wieder. Keine Zigarette, kein Bier habe ich mehr gebraucht. Alle meine Sucht bekämpfenden Silvesterwünsche sind plötzlich möglich umzusetzen. Ich brauche nichts mehr. Ich bin steif, alles an mir ist steif. Ich spüre nichts.

Ich habe eben das Heft zur Seite legen müssen. Als Mann gibt man das nicht gerne zu, aber die schlechten Gefühle und die Angst von damals überrollen mich. Meine Hände zittern.

„10"

30. Mai 2011

Der Wecker klingelt um sechs Uhr und gleiches Spiel wie immer. Ich stehe auf. Julia schläft noch oder stellt sich schlafend. Ich gehe ins Bad und sie bleibt liegen. Ich trinke meinen Morgenkaffee und sie bleibt weiter liegen. Kurz nach sieben steige ich dann in die Straßenbahn ein. Ich bin viel zu früh und es ist mir egal. Ich habe heute freie Platzwahl, aber ich bleibe trotz der freien Platzwahl stehen. Ich kann keinen Menschen an diesem Morgen ertragen. Wirre Gedanken und konfuse Gefühle. Es geht alles hin und her. Mein Magen rebelliert. Ich will nicht einmal etwas essen. Hunger? Wozu? Es ist alles zu viel, alles ist plötzlich irgendwie egal. Familie? Wozu? Sie gibt einem eigentlich nicht viel, also zumindest mir. Positive Gefühle? Trugschluss. Ich hätte noch stundenlang weiterfahren können. Arbeit? Wozu? Ich habe meine Haltestelle verpasst. „Na und, steige ich eben eine später aus und laufe wieder zurück", denke ich mir, „was ist schon dabei?". Ich laufe durch verschiedene Straßen, komme 7.59 auf Arbeit an und gehe an meinen Platz. Alles ist wie immer und doch anders. Ich grüße die, die schon da sind zwanghaft und mache mich an die Arbeit. 8.14 Uhr. Frau Maier kommt an meinen Platz. „Herr Schumacher, der Chef möchte Sie gerne sprechen." „Warum schon wieder?" Sie erschrickt. So kennt sie mich nicht und lernt mich gleich noch besser kennen, wenn sie nicht aufpasst. Ich bin bereit. „Das kann ich Ihnen leider auch nicht sagen", versucht sie ein Lächeln. Ich reagiere erst nicht. „Ich komme." Im Chefzimmer dann die Überraschung. Erhart ist nicht alleine, denn Herr Jilang ist noch dabei. „Guten Morgen Herr Schumacher. Schön, dass Sie so schnell kommen konnten", begrüßt Erhart mich überraschend freundlich. Weiß der überhaupt, was ein Lachen ist, frage ich mich an dieser Stelle und an diesem Morgen.

„Guten Morgen", grüße ich Erhart und Herrn Jilang zurück. Die Türe geht wieder auf und die Übersetzerin kommt herein: „Guten Morgen, Herr Schumacher. Entschuldigen Sie, aber ich hatte für Herrn Jilang noch einen dringenden Anruf zu erledigen." „Kein Problem. Guten Morgen auch." Erhart setzt sich in seinem Stuhl auf: "Herr Schumacher, das, was wir Ihnen jetzt mitteilen werden, ist höchst vertraulich. Können wir davon ausgehen, dass Sie den Inhalt für sich behalten werden?" „Ja." „Herr Schumacher, FDV möchte in Zukunft verstärkt mit Herrn Jilangs Unternehmen Peking Insurance zusammenarbeiten. Wir sind der Meinung, dass sich dadurch ungeahnte Möglichkeiten ergeben werden. Die Herren waren gestern von der Präsentation unserer Firma überzeugt gewesen. Herr Jin musste heute Morgen schon weiter, weil er einen wichtigen

Termin in Düsseldorf hat. Herr Jilang aber kam noch einmal bei mir vorbei, um mit mir zu sprechen. Ja, Herr Schumacher, und an dieser Stelle geht es nun um Sie." Ich höre immer noch relativ teilnahmslos zu und sehe eine Biene an mir vorbei fliegen. Sie ist schnell. Und Frau Li übernimmt von chinesischer Seite das Gespräch: „Herr Schumacher, Herr Jilang und Herrn Jin konnten Sie gestern von FDVs und damit auch von Ihren Qualitäten überzeugen. Nun ist es so, dass durch die verstärkte Zusammenarbeit neue Kräfte auf beiden Seiten benötigt werden. Für China braucht man kompetente und erfahrene deutsche Kräfte, um die Zusammenarbeit zu koordinieren." Ich höre weiter nur zu. „Ja, Herr Schumacher, und nun", künstliche Pause, „möchte unsere Firma Sie für die Vertretung Ihrer Firma in Peking gewinnen." Ich verstehe nicht, was das rosa Wunder in High Heels von mir will. „Ja, wir sehen in Ihnen einen wertvollen Mitarbeiter und würden uns freuen, wenn Sie uns in Peking zur Seite stehen. Das würde den Beginn der Zusammenarbeit erleichtern und die Stelle ist auf ein Jahr angelegt." „Ich kann doch überhaupt kein Chinesisch." Sie lacht. „Das müssen Sie auch nicht können. Sie können ja englisch, wie ich Ihrem Lebenslauf entnehmen konnte, oder?", schaut sie mich an. Ich nicke nur. „Natürlich bieten wir Ihnen einen Sprachkurs an", führt sie ihre Erklärung weiter aus.

„Ja, und für Ihre Familie würde Peking Insurance das Ankommen organisieren", fährt sie fort. Familie? Es ist alles so weit weg. Meint sie die 3, mit denen ich zusammenwohne und lebe? „Ja, und Sie würden mit einem knappen Jahresnetto von 60.000 Euro einsteigen. 60.000 Euro? Bisher habe ich knapp 45.000 brutto. Zwei Minuten und tausend Informationen. Das ist zu viel. Ich stehe auf. „Ich hoffe, Sie verstehen mich. Das muss ich mir erst einmal überlegen." Ich habe heute keine Skrupel, das zu tun, was ich will und in dem Moment will ich einfach gehen. Erhart schaut verblüfft, aber ich gehe ohne Umschweife zu meinen Gesprächspartnern und verabschiede mich. Herr Jilang sagt etwas zu Frau Li. „Herr Schumacher, brauchen Sie etwas Bedenkzeit?" „Ja, die brauche ich." „Und bis wann dürfen wir mit einer Antwort rechnen?" „Das werde ich Sie wissen lassen, wenn ich es selbst weiß. Jetzt gehe ich erst einmal." Und ich nehme meine Jacke und drehe rechts ab. Aber ich gehe nicht zu meinem Arbeitsplatz zurück, sondern in den Park, um meinen Gedanken ein wenig Freiraum zu gönnen. Ich sehe die acht Quadratmeter als geistige Wolke über mir fliegen und steige auf. „Was würde mit Rocky passieren?", denke ich als erstes an den Hund. „Na, den würde ich mitnehmen… Oder nein, doch nicht! In China essen sie Hunde Ja, und mein Auto: soll ich es stilllegen oder besser ganz abmelden?" Mir schießen so viele Gedanken gleichzeitig durch den Kopf, dass ich mich auf eine Bank setze. Die Bäume bewegen sich im leichten Wind. „Ja, und Julia und die Mädchen?" Auch keine Antwort. Ich weiß nicht, was los ist und höre Windzügen in den Bäumen zu. „60.000 Euro, das ist ein Wort! Mensch Tobias, traue Dich, muss ja nicht für immer sein", sage ich mir selbst. Im nächsten Moment schon wieder Unsicherheit. Es ist nicht leicht. Möglichkeiten kommen, Möglichkeiten gehen. Ich sehe sie lieber kommen als gehen. Vor allem waren es bisher kleine, um die es ging. Die großen in der Form kenne ich nicht. Und jetzt? 60.000 Euro Jahresnetto – das ist ein Wort. Mit einem Schlag Großverdiener, also für mich und mein Gefühl! Frau Li hat es mir vor allem dadurch schmackhaft gemacht. Von meiner Familie hat sie wenig gesprochen. Die habe ich zeitweise auch schon fast vergessen, wenn ich über das Angebot nachdenke. Julia und meine zwei Ladys in China? Tausend Änderungen von heute auf morgen? Ich glaube nicht, dass Julia das verkraften würde. Was soll ich nur machen? Ich bin immer noch ich, auch ich als Teil eines erbauten wir, ich habe mein Ich seit Jahren nur nicht wahrgenommen und plötzlich schwebt es über mir und schaut mich an. Ich habe mir vorhin schon einen Block und Stift mitgenommen und ziehe ihn jetzt aus meiner Tasche. Lange starre ich ihn an und weiß nichts damit anzufangen. Aber doch, eigentlich weiß ich es schon, denn ich habe ihn vorhin für den Fall, dass ich Julia schreibe, eingepackt. Nur weiß ich ja noch nicht was, da ich mich nicht zu entscheiden weiß. Die Zeit vergeht. Herrjeh…Ich sitze auf meiner Bank und starre auf die Uhr. 10 Sekunden, 29 Sekunden, 54 Sekunden. Der Zeiger läuft. Was tun? 321 Sekunden, ich zähle jede einzelne und 322 Sekunden, „Ja, ich gehe, ich habe hier nichts zu verlieren, für Julia bin ich nichts wirklich wert außer der Verdiener zu sein und Anna und Julia? Ich überlege lange und finde keine Antwort. Das muss ich an der Stelle akzeptieren. Ich bin eben doch nur so viel wert wie ich es immer schon dachte wert zu sein. Ich bin in meiner Familie nicht unbedingt nötig. Da muss ich mich auch nicht länger bleiben. Ich gehe. Ich, Tobias Schumacher habe mich entschieden: Ich werde gehen. Ist ja nur ein knappes Jahr. Ich setze mich an den Tisch und fange damit an, meinen Brief zu schreiben. Lange wird er nicht, denn lange Briefe kann ich nicht schreiben, aber es hat doch lange gedauert bis ich fertig bin. Ich bin richtig fertig als ich den Stift zur Seite lege. „Am besten jetzt gleich zu Frau Li“, denke ich mir, „nur nicht weiter nachdenken.“ Ich bin entschlossen und laufe in Raum 309, wo sie laut Frau Maier ist. Klopfen. Keine Reaktion. Nochmals Klopfen. „Ja bitte?“ Ich öffne die Türe und trete ein. „Herr Schumacher." „Frau Li." „Herr Schumacher, wie darf ich Ihr Kommen werten?" Herr Jilang sitzt mit Frau Li am Tisch. Ich schaue beide an. „Sie dürfen es so werten, dass ich mitkomme." Frau Li informiert gleich ihren Chef, der darauf aufsteht und mir die Hand gibt. „Herr Jilang sagt, dass wir uns sehr freuen und Sie Ihre Entscheidung nicht bereuen werden. Die Firma wird Ihnen alles zur Verfügung stellen, dass es Ihnen gutgeht." Spüre ich wirklich ein Glücksgefühl oder täusche ich mich? Glück in meinem Bauch? Ja, ich spüre es wirklich. Das ist Glück! Ich weiß gar nicht, wann ich so etwas das letzte Mal wahrgenommen habe. Ist vielleicht auch gar nicht so leicht, als Ehemann, Vater und Versicherungskaufmann Glück zuzulassen… Ich habe schließlich genug zu tun, muss funktionieren und Erwartungen erfüllen. Da geht es oft genug um sachliche Ebenen. Emotionen sind eher für Julia und allgemein die weibliche Front gemacht. „Frau Li, ich würde Sie nur darum bitten, dass wir bald gehen können", weiß ich in diesem Moment meine Erwartung zum Ausdruck zu bringen. „Ja aber, Sie haben doch bestimmt noch einiges zu erledigen, Herr Schumacher. Die Firma wird Ihnen natürlich dabei helfen, hier in Deutschland alles abzuwickeln und wir wären froh, wenn Ihnen dazu zwei, drei Monate reichen würden." „Wenn ich noch etwas zu erledigen hätte, dann wüsste ich das. Ich habe nichts mehr zu erledigen. Mir wäre es recht, wenn wir von mir aus jetzt gleich gingen." Fragende Blicke: „Sie wollen wirklich gar nichts mitnehmen? Kann Ihre Familie so schnell mitkommen? Wissen Sie Herr Schumacher, wenn Sie sich entschieden haben, dann wollten Herr Jilang und ich zurückfliegen." „Ja, und ich komme mit. Ich komme alleine mit", erwidere ich bestimmt, „um meine Familie müssen Sie sich keine Sorgen machen. Darum kümmere ich mich alleine." „Ja, und ihre persönlichen Sachen, Kleider, Pflegeartikel? Für die brauchen Sie doch sicher noch Zeit?", wird Frau Lis Gesichtsausdruck immer unglaubwürdiger. „Doch, meine Tasche hier mit meinem Personalausweis und Führerschein, die habe ich ja dabei. Den Rest kann ich mir auch dort neu kaufen, oder?" „Aber natürlich Herr Schumacher, wir werden Ihnen eine Begleitung zur Seite stellen." Es folgt noch eine kurze Unterredung zwischen den beiden Chinesen und dann machen wir uns auf den Weg. „Ich möchte Erhart nicht mehr sehen", erklärte ich Frau Li auf dem Weg, als er plötzlich auf mich zuläuft. „Herr Erhart", fange ich an bevor er das Wort ergreifen kann, „darf ich Sie etwas fragen?" Er schaut verdutzt: „Ja", und schon fahre ich fort. „Herr Erhart, wann haben Sie entschieden, mich zu dem Gespräch dazu zu nehmen?" „Die Firma hat mich erst am Wochenende über ihren Besuch informiert und Frau Li hat mir den Abend zuvor erklärt, dass sie gerne eine deutsche Arbeitskraft im Gespräch dabei hätten und da sind Sie mir sofort eingefallen, da ich mich schon seit Jahren auf Sie verlassen kann", schaut er mich an und spricht nicht mehr weiter. Okay, hatte ich also Recht, das hatte ich mir gedacht. „Herr Erhart, dann möchte ich Sie an der Stelle wissen lassen, dass ich das Angebot annehme und für ein Jahr mitgehe." Erhart scheint von meinen Worten überrascht zu sein, aber da ich von ihm an der Stelle nichts mehr weiter hören möchte, beende ich unser Gespräch. „Herr Erhart, ich werde Sie alles Wichtige wissen lassen, aber wie Frau Li mir vorhin mitgeteilt hat, müssen wir leider los", und reiche ihm die Hand, „Auf Wiedersehen." „Auf Wiedersehen", schaut er mich nur noch an und drückt meine Hand. Wir verlassen das Büro, rufen ein Taxi und machen uns auf den Weg Richtung Flughafen. Im Taxi sprechen wir so gut wie nichts und 20 Minuten später erreichen wir das Flughafengelände. Ich bin zum ersten Mal in meinem Leben als Fluggast dort und spüre plötzlich Aufregung. Ich nehme ganze 1,6 Kilo Gepäck mit auf die Reise. Die 1,6 Kilo sind Handgepäck. Der Check-In am Flughafen geht schnell vorbei und die Zeit bis zur boarding time vergeht auch wie ihm Flug. Frau Li hat drei Plätze nebeneinander in der ersten Reihe gebucht. Ins

Flugzeug einsteigen und hinsetzen. Mehr ist es nicht. „Ist das schon alles?", frage ich mich. Ich habe es mir immer ganz anders vorgestellt. Soll das wirklich schon alles gewesen sein? Ich überlege, denn plötzlich ist es eben doch mehr. Meine Aufregung kommt zurück, drinnen ist es bestimmt eng. Ich kenne eben keine Flugzeuge von innen und als ich reingehe, überrumpelt es mich. Die Stühle stehen auseinander. So habe ich mir ein Flugzeug von innen nicht vorgestellt, ich dachte, es wäre alles viel enger. Frau Li bemerkte meinen Blick: „Herr Schumacher, ist alles in Ordnung?" „Ja sicher", sage ich und lasse mich langsam in meinen Stuhl fallen. Sogar der ist groß. Soll das das Flugzeuginnere sein, vor dem ich immer eine solche Angst hatte? Ich erinnere mich daran, dass Julia ganz am Anfang unserer Beziehung hatte fliegen wollen: „Du Tobias, ich würde so gerne einmal nach Spanien fliegen", hatte sie ihren weiblichen Charme einzusetzen versucht, „das würde mir richtig gut gefallen." Ich hatte mich noch nie zuvor mit dem Fliegen auseinandergesetzt. „Und wie kommst Du jetzt bitte schön aufs Fliegen?" „Na, weil ich es im Fernsehen schon so oft gesehen habe, dass einem damit die Welt offensteht und man die ganzen schönen Plätze auf der Welt nur mit einem Flieger erreichen kann", lächelte sie mich weiter an. „Ach, und was ist mit dem Gardasee in Italien zum Beispiel? Gefällt es Dir da nicht?" „Das weiß ich nicht, weil ich noch nie dort gewesen war, aber dort ist es bestimmt auch schön." „Siehst Du, und dann reicht dir das eine nicht und es muss gleich noch mehr sein. Fändest Du es nicht schön, mit mir im Auto erst einmal hinzufahren?" Wir kannten uns noch nicht so gut, aber Julia hatte den versteckten, vielleicht auch nicht versteckten Vorwurf in meiner Stimme vernommen: „Nein, natürlich nicht. Für mich ist es doch am Wichtigsten mit Dir zusammen zu sein. Da müssen wir nicht fliegen." „Siehst Du, so sehe ich das auch", hatte ich ihr geantwortet, und dann haben wir bis dato nie wieder übers Fliegen gesprochen. Jetzt sind seit dem Tag über zehn Jahre vergangen und ich spüre im Flugzeug plötzlich, dass meine Sorge wegen der Enge im Flieger all die Jahre völlig unbegründet gewesen ist. Es gefällt mir richtig gut. Graue Sessel, die man nach hinten und vorne und nach oben und unten verstellen kann. Neben mir ein kleiner Tisch, der ausgeklappt werden kann. Und die Dame, die gerade zu mir kommt, ist mir auch sehr angenehm: „Was darf ich Ihnen bringen, mein Herr?" „Was haben Sie denn im Angebot?" „Alles was Sie möchten. Unser Angebot reicht von einer heißen Tasse Kaffee über einen Tomatensaft bis zu einem Glas gutem Wasser", macht sie eine kurze Pause und schaut mich an, „von einem angenehmen Rot- oder Weißwein bis hin zu einem Glas Champagner." Mir fällt die Freundlichkeit der Frau ins Auge und ob ihrer Freundlichkeit kann ich bei meiner Antwort plötzlich sogar lachen: „Dann würde ich mich für ein Glas Champagner entscheiden." „Natürlich gerne der Herr. Warten Sie bitte einen Moment." Sie lächelt nicht übertrieben, sie lächelt nur leicht, aber es macht sie sehr sympathisch wie mir auffällt. Der Flug soll laut dem Piloten zehn Stunden dauern und ich mache es mir jetzt richtig bequem. Ich habe auf Arbeit zum Glück noch eine dickere Jacke von mir gefunden und mitgenommen, weil ich nicht weiß, was für ein Wetter mich in Peking erwartet. Die Jacke nehme ich jetzt aus meiner Tasche und decke mich damit zu als schon wieder eine Stewardess ankommt: „Entschuldigen Sie, aber kann ich Ihnen eine Decke bringen, wenn es Ihnen etwas kalt werden sollte?" „Sehr gerne doch." Ich weiß nicht, ob die vielleicht schon wussten, dass ich bald so viel mehr Geld verdienen werde und sie mich deshalb so hofieren? Aber ich weiß zu dem Zeitpunkt eben auch nicht, dass ich business class fliege und so genieße ich jede Form der Aufmerksamkeit und blühe regelrecht auf. „Warum bin ich nur nicht schon einmal früher geflogen?", denke ich mir und nicke immer wieder ein. Ich kann es nicht glauben. So etwas habe ich noch nie erlebt. Ich bilde mit den Chinesen im Flugzeug jetzt ein Team. Erst einmal für ein Jahr soll mein Vertrag laufen. Ich hätte ja auch später fliegen können, aber das wollte ich nicht. Ich kenne mich selbst gut genug, und wenn, dann hätte ich bestimmt auch wieder abgesagt. Meinen drei Ladys habe ich über einen Kurierdienst meinen Brief zukommen lassen und den haben sie vielleicht schon erhalten. Was war das gestern noch gewesen? Julia wollte mich für etwas verantwortlich machen, wofür ich gar nichts konnte und mit Annas eingebildeten Emotionen konnte ich gar nicht umgehen. Wofür bin ich in meiner Familie da? Dass sie an mir ihre Emotionen abarbeiten können? Ist ein Mann dafür geeignet? Ich weiß nicht, ob Mann das ist. Ich bin es auf jeden Fall nicht. Außerdem werde ich ihnen monatlich genügend Geld überweisen, dass sie gut damit auskommen, und in einem Jahr komme ich wieder zurück. Ich hole mein Handy raus, da ich den Brief abfotografiert habe und lese, was ich ihnen vorhin geschrieben habe.

Liebe Julia, liebe Paula und Anna,

ich hoffe, es geht Euch gut. Ich habe heute ein sehr vielversprechendes Angebot erhalten. Mein Chef und unsere neuen Teilhaber aus China haben mir für ein Jahr eine Stelle in Peking angeboten. Ich musste mich schnell entscheiden. Zwar hätte ich euch mitnehmen können, aber ich dachte mir, dass der Bruch für euch zu schnell und zu hart käme.

Außerdem wäre dort Rockys Leben in Gefahr, da ihr ja wisst, dass sie in China beim Essen vor Hunden nicht halt machen, wie uns Herr Müller mal erzählt hat. Also gut, ich bin geflogen. Wenn ihr das lest, sitze ich bereits im Flieger nach Peking. Wie gesagt, wird es erst einmal nur für ein Jahr sein und ich kann euch nachholen. Ihr müsst euch auf alle Fälle keine Gedanken um mich und euch machen. Ich werde monatlich einen Betrag überweisen, der euch das Leben erleichtert. Melde mich per Mail. Passt schön auf Euch auf.

Ich denke an euch, euer Paps, dein Tobias.

Wenn ich das lese, erinnere ich mich genau an den Tag. Kurz vor dem Flug hatte ich einem Kurier den Brief übergeben, der für meine 3 bestimmt war. Julia hatte die Tür geöffnet, wie sie mir später erzählte. „Ja, Hallo?" „Der Kurierdienst bhp. Ich habe eine Sendung für Sie." „Einen Moment, bitte." Julia lief dem Kurier im Gang entgegen und nahm das Kuvert mit einem „Vielen Dank" in Empfang. Was sollte das sein? Drinnen öffnete sie das Kuvert und erkannte sofort meine Schrift. Jetzt verstand sie noch weniger. setzte sich auf den Sessel und las ihn.

Und die Wohnung überkam ein kalter Hauch. Julia fröstelte es, sie fror plötzlich, zitterte und las den Brief immer und immer wieder wie sie mir nach meiner Wiederkehr erzählt hat. Das musste ein schlechter Scherz sein. Mehr konnte es nicht sein, überkam sie es. Sie rief in meiner Firma an. „Guten Tag, Benz ist mein Name. Sie sind verbunden mit der Firma FDV. Wie kann ich Ihnen helfen?" „Guten Tag, Schumacher ist mein Name. Kann ich bitte meinen Mann sprechen?", kam Julia schnell zur Sache. „Einen Moment bitte. Ich muss schauen, wo er ist." Eine Minute später kam Frau Benz wieder zurück. „Frau Schumacher, ich habe gerade mit seinem Tischnachbarn gesprochen. Er ist heute Morgen zwar auf Arbeit gewesen, aber jetzt leider nicht mehr da und Herr Flex weiß auch nicht, wo er ist."

Im Landeanflug auf Peking werde ich nach vielen Flugstunden geweckt. „Herr Schumacher, wachen Sie bitte auf", sagt Frau Li als die Piloten der Maschine den Anflug auf die chinesische Hauptstadt starten, „wir finden uns in der Einflugschneise nach Peking und landen bald." „Schon?", bin ich überrascht. „Ja", lächelt sie, „Sie haben lange geschlafen." Und die Maschine beginnt an Höhe zu verlieren und ich beobachte es auf einem Bildschirm und nehme die einzelnen Höhenmeter wahr und mit einem leichten Ruck haben wir kurze Zeit später den Boden erreicht. Wir sind gelandet. Neugierde packt mich und ein großes Fragezeichen erscheint über mir. Was passiert jetzt? Wir verlassen das Flugzeug und werden von einem Bus an den Ausgang gebracht. Dort steigen wir aus und warten an der Gepäckstation auf unsere Sachen, genauer gesagt Frau Li und Herr Jilang, ich habe ja nichts aufgegeben. Bei einem Blick auf eine große Uhr erkenne ich, dass es jetzt 13.32 Uhr Ortszeit ist. Irgendwie ist es mir plötzlich komisch. Mir fallen meine 3 ein. Sie müssten meine Nachricht schon erhalten haben. Ob mein Handy hier auch funktioniert? Wenn ich sie hören wollte, würde ich mich wahrscheinlich bei ihnen melden müssen. Dieser Gedanke alleine macht mir mit einem Mal so Angst, dass es mir augenblicklich auf den Magen schlägt und ich Frau Li hastig nach einer Toilette frage. Die spürt die Notwendigkeit meines Anliegens und zeigt mir drei Türen weiter eine Möglichkeit zum Austreten. Ein ganz kleiner Raum mit kleinen Kabinen nebeneinander. Nebengeräusche von einer Türe weiter bin ich bei uns in der Firma manches Mal gewohnt und dieses Mal verursache ich sie selbst zu genüge. Der Gedanke an mein Drei hat bei mir für einen Durchbruch gesorgt. Ich habe auf die übelste Weise Dünnpfiff und jeder, der in den Toilettenraum kommt, kann es hören und teil an meiner Situation haben. Jedes Mal, wenn ich denke, es wäre vorüber, kommt ein neuer Schub.

176

Ich traue mich von dem Toilettensitz nicht mehr unter. Wie auch? Es hätte ja jederzeit wiederkommen können. Also bleibe ich sitzen, sitzen und sitzen. Plötzlich höre ich eine Stimme, die auf Englisch meinen Namen ruft: „Mister Schumacher? Mister Schumacher, when you are here, please answer me." „Yes, I am here", ist meine schwache Antwort. „It´s all right?" „Allright." „Can I help you?" „No, it´s ok. I come out." Ich warte noch zwei, drei Minuten bis ich mich sicher fühle und gehe an die Waschbecken. Dort lasse ich mich erst einmal eine ganze Weile Wasser über die Hände laufen: „Was habe ich nur gemacht? Spinne ich? Habe ich meine 3 wirklich im Stich gelassen?" „Hast du nicht", meldet sich eine andere Stimme zu Wort, „meinst du, dass die noch so viel Wert auf dich legen? Deine Frau hat dir doch deutlich gezeigt, was sie von dir hält! Nichts Schumacher, einfach nichts." „Reiß dich zusammen, Tobias" mischt sich wieder die andere Stimme ein, „Du gehst jetzt da raus. Es wird nur für ein Jahr sein und Du wirst Julia jeden Monat Geld überweisen bis du wiederkommst.

Mein Magen beruhigt sich, und auf dem Weg nach draußen laufe ich an einem Geschäft vorbei, in dessen Fenster ich ein Diktiergerät zum Sonderpreis sehe. Ich kaufe es.

Mit das erste, was ich in Peking gemacht habe, war, dass ich den Dauerauftrag eingerich-

tet habe und das Geld so pünktlich an jedem
1. im Monat auf Julias Konto ankam.

„11"

5. August 2011

„Made in China" kann man in Deutschland mittlerweile auf vielen Produkten lesen. Heute packe
ich mein neues Diktiergerät aus, das ich mir bei
meiner Ankunft am Flughafen geholt habe und
benutze es das zweite Mal. In Deutschland als
Billigware verschrien, habe ich hier das Gefühl,
die heimische Wirtschaft zu unterstützen, indem
ich ein „Made in China" – Produkt in der Hand
halte. In einem Land neu ankommen, in dem du
das Gefühl hast, dass dich alle komisch anschau-
en, weil du anders aussiehst, ist eine Herausforderung. Die Chinesen, mit denen ich zu tun habe,
sind zwar alle freundlich und sprechen die engli-
sche Sprache, aber ich bin doch anders als sie. Ich
bin größer, breiter und sehe anders aus. Vor allem
sprechen sie so schnell und ich verstehe kein Wort
davon.

Mein Brief hat meine drei noch am Abend meines
Abgangs im Mai erreicht. Ein Psychologe würde
wahrscheinlich sagen, dass das bei ihnen einen
Schock ausgelöst hat. Das ist jetzt knapp zwei Monate her und ich komme in Peking selbst so langsam an. Okay, es soll nur für ein Jahr sein und
okay, meine Ladys können noch nachkommen. Die
Option besteht bis zum letzten Tag. Bisher ist es
aber noch zu keinem Gespräch zwischen Julia und

mir darüber gekommen. Bisher habe ich mich bei ihr nämlich noch gar nicht gemeldet.

Wenn ich das jetzt lese, fällt mir Paula ein. Mit ihr hatte ich mich unterhalten nachdem ich 2012 wieder in Frankfurt gelandet bin und sie hat mir damals viel erzählt. Julia war in der Nacht nach meinem Verschwinden wohl unter größten Schmerzen wach geworden. Beim ersten Versuch das Bett zu verlassen, zog es ihr in das rechte Bein und sie konnte sich nicht bewegen. Paula und Anna waren unter Julias Schreien wach geworden. „Mama, was ist los?", kam Paula zu ihr. Julia konnte nicht sprechen. Und in diesem Moment lernten meine zwei Kleinen – mittlerweile schon nicht mehr ganz so Kleinen – das Gefühl der Ohnmacht kennen. „Papa, kannst du dir vorstellen, wie es uns gegangen ist?", fragte Paula mich mit Tränen in den Augen. „Mama ließ sich nicht helfen. Sie wollte einfach nicht. Wir konnten machen, was wir wollten." Und Paula führte die Situation weiter aus. Julia hatte anscheinend in unregelmäßigen Abständen aufgeschrien und interessierte sich zum ersten Mal nicht im Geringsten für Paula und Anna. Die waren alleine – in ihrem jungen Leben vielleicht zum ersten Mal wirklich alleine. Als die Nachbarin am anderen Morgen vorbeikam, fand sie drei geschlagene Gestalten in der Wohnung. Rocky war schon am ganzen Tag zuvor nicht mehr draußen gewesen und hatte den Eingang der Wohnung mit Haufen platziert. Und es war egal, es war plötzlich alles egal. Hundehaufen, schreiende Kinder, unbeschreibliche Schmerzen im Bein… Julia wollte raus, sie wollte raus aus ihrem Körper, ihrem Leben und egal wohin. Das hatte sie mir in unserem ersten Telefonat selbst erzählt, als ich wieder in Frankfurt war. Weiter ließ sie mich wissen, dass Frau Baier, unsere resolute Nachbarin, zwar nicht wusste, was passiert war, aber sie wohl das Zepter ergriffen hatte: „Julia, stehen Sie bitte auf." Ausdrucksloser Blick: „Ich kann nicht." „Warum können Sie nicht?" „Weil ich nicht laufen kann." „Und warum können sie nicht laufen?" „Weil ich Schmerzen im Bein habe." Und seit wann haben sie die?" „Seit heute Nacht." 112. Die Nummer war gewählt, der Notarzt kam. „Frau Schumacher, Sie müssen ins Krankenhaus, müssen unter Umständen ein MRT machen lassen. Wir müssen jetzt erst einmal alle Verdachtsmomente ausschließen", war nach der Untersuchung die Ansage des Arztes. Verdachtsmomente? Von welchen Verdachtsmomenten sprach er? „Weißt du, wen ich in dem

Moment wirklich gebraucht hätte?", fragte sie mich und ich kannte die Antwort und sagte nichts. Julia kam sich nach ihrer Darstellung vor wie auf Drogen. Die Nachbarin fuhr sie ins Krankenhaus, wo sie noch einmal untersucht wurde und im Anschluss erklärt bekam, dass ein MRT gemacht wird. Sie wurde in den Kernspintomograph geschoben. Es war ein Gerät wie Julia es zuvor noch nie gesehen hatte. Es war eng und eh sie sich versah, wurde ihr der Raum so eng, dass sie anfing zu schreien. Notdrücker, das Gerät wurde wieder angehalten, Julia herausgeschoben. „Frau Schumacher, keine Angst, ich gebe Ihnen jetzt erst einmal ein Beruhigungsmittel, dann versuchen wir das Ganze erneut." Eine Spritze und zehn Minuten Einwirkzeit später war Julia so benommen, dass sie den Transport in die Röhre fast nicht mehr mitbekam. Als das Gerät schließlich eingeschaltet wurde und sie ein ohrenbetäubendes, Presslufthammer ähnliches Geräusch aushalten musste, hätte sie den roten Notrufschalterknopf wieder drücken können. Sie sah ihn genau vor sich, aber brauchte ihn aufgrund des Mittels kein weiteres Mal.

„Weißt du Tobias, bis die Spritze wirkte, kam ich mir völlig hilflos vor. Eigentlich hätte ich dich in dem Moment hassen können. Es war alles so unwirklich, so fremd. Aber Hass ist bis heute noch nicht aufgekommen. Anna und Paula glaubten, dass du in einem Jahr wiederkommst und ich? Ich wusste es nicht, ich wusste einfach überhaupt nichts." Julia durchmischte Sachaussagen immer wieder mit emotionalen Momenten. Der Arzt holte sie kurz nach der Untersuchung für die Besprechung ab. „Bitte setzen Sie sich", schaute er sie freundlich an. „Weißt du Tobias, ich wollte nur wissen, was ich habe." „Wie wir jetzt anhand der Untersuchung feststellen konnten, haben Sie einen Bandscheibenvorfall im Lendenwirbel. Das kann eine sehr schmerzhafte Sache sein und wie ich von dem Notarzt ja schon gehört habe, ist es bei Ihnen so." „Bandscheibenvorfall? Tobias, ich verstand die Welt nicht mehr. Ich war immer kerngesund gewesen, hatte einen Mann, zwei Kinder und ein schönes Leben gehabt. Gut, es war vielleicht nicht perfekt gewesen, aber wessen Leben ist das schon? Alles war so gewesen wie ich mir das als little Julia gewünscht hatte, eben gut. Ich hatte dich gehabt und auch gekannt, du warst bestimmt nicht immer leicht, das weißt du so gut wie ich. Das hatte mich aber nie gestört, weil ich dich liebe. Und dann warst du von einem auf den anderen Tag plötzlich weg. Tobias, jetzt wo ich dich höre, frage ich dich: War das noch mein Leben, ist das noch mein Leben?" Ich konnte ihr keine Antwort darauf geben. Ich hatte in Peking oft an sie gedacht.

Es sind nun knapp zwei Monate seit meiner Ankunft vergangen und ich versuche in Peking weiter anzukommen. Peking Insurance hat mir einen Engländer dafür zur Seite gestellt. Er heißt Mr. Wolf und sieht zumindest eher so aus wie ich, dass ich mich an seiner Seite von Anfang an gut fühle. Er hilft mir dabei, mich mit den Gepflogenheiten des Landes vertraut zu machen, weil er schon länger da ist und er hat einen Vornamen. „Mr. Schumacher, when it´s no problem for you, i would find it better, when you call me Mike", lacht er mich beim ersten Treffen an und ich zeige mich sehr erfreut: „Sure, my name is Tobias." Wenn ich von der Arbeit heimkomme, gehe ich oft noch in die Stadt und schaue mich um. Es sieht alles anders aus. Mike treffe ich täglich bei der Arbeit und habe ihn heute Morgen wieder getroffen, als er uns einen Kaffee holt. "Tobias, since two months you are in Peking. Do you like it?" "I am often suprised, because it´s all new." Mike lacht. "I know what you mean."

Und während wir unsere Kaffeetassen leeren, beschließen wir, auf unser Leben in Peking einen zu trinken. „Tobias, I think, it would be better, when you come home to me because of the alcohol. It´s not easy to drink here something." Ich freue mich über sein Angebot. In meiner Wohnung habe ich mich so schnell noch nicht einleben können und Mike spricht wenigstens Englisch. Ich kann das vielleicht nicht flüssig sprechen, aber wenigstens verstehe ich es und spreche es auf normalem Niveau. Um sieben Uhr abends klingele ich bei Mike. Ich bin schon fünf Minuten vorher da gewesen, denn schließlich muss ich auch in China immer wieder an den Spruch meiner Großmutter denken, die oft gesagt hat „Fünf Minuten vor der Zeit, das ist deutsche Pünktlichkeit". Und so bin ich auch heute pünktlich. „Oh Tobias, nice to see you. Please come in", begrüßt Mike mich beim Eintreten und streift dabei meine Schultern. Es durchzuckt mich, ich bin körperliche Nähe in China nicht gewohnt, da hier alle sehr viel Wert auf einen angemessenen Abstand legen. „Sit down, I bring you a beer", spricht Mike weiter und kommt eine Minute später mit zwei Bier in der Hand zurück. „Hope you are fine?" „Yes, all is new for me, but I am fine." „Yes, but you know, you can ask me by all problems and I will help you", lacht Mike wieder. Der Mann hat ein Lachen und ich komme mir bei ihm so aufgehoben vor, weil er für mich so normal aussieht, dass ich direkt noch ein Bier brauche. Wir trinken dann noch zwei und dann noch eins und ich verabschiede mich. Ich muss nur eine Etage höher, weil wir beide in demselben Haus wohnen: „Mike, it´s a nice evening, but I think it would be better to go now. I don´t feel so good today." Mike versteht natürlich auch das wieder „No problem, we will see us tomorrow." Und ich gehe. Zuhause angekommen – ich nenne es schon mein Zuhause – trinke ich alleine noch ein Bier und lege mich schlafen. Ich schlafe ein und finde mich in meinem Traum plötzlich in Deutschland wieder. Es sind Peter und Paul, die ich erkenne. Peter ist leicht über die Heizung gebeugt und Paul direkt hinter ihm. Eindeutige Position. Die beiden treiben es wieder miteinander. Paul holt ihm einen runter und penetriert ihn gleichzeitig von hinten. Das ist so animalisch, so verdammt antörnend wie er sich dabei immer wieder in seine Hand beißen muss. Und mir fällt ein Schatten neben mir auf. Ich schaue den beiden nicht alleine zu, aber kann das Gesicht des anderen nicht erkennen. Wie gebannt hängen unsere beide Blicke an den zwei wie sie in dem Moment kommen. Und ich erwache plötzlich. War wohl doch eine Erfahrung in der Nacht gewesen, als ich bei den beiden übernachtet habe, dass ich sie sogar jetzt noch in meinen Träumen verarbeiten muss. Mike? Plötzlich muss ich an ihn denken. War er im Traum das Gesicht neben mir gewesen? Ist er vielleicht schwul? Sendet er unbewusst Signale, die sonst keiner außer mir spüren kann, weil er nicht weiß, dass ich Frau und Kinder habe und nicht schwul bin? Ich weiß es nicht und schlafe wieder ein.

„12“

23. Dezember 2011

Es ist ein Tag vor Weihnachten und anders als daheim fällt das hier keinem auf. Die chinesischen Buddhisten kennen keine Weihnachtsstimmung wie wir und verehren Buddha. Okay, jeder wie er will. Mike ist nach wie vor meine Bezugsperson und ich sehe ihn jeden Tag. Zumindest erkenne ich ihn gleich, wenn ich ihn sehe, denn es fällt mir schwer, die chinesischen Gesichter zu unterscheiden, da sie für mich alle gleich aussehen.

Vor zwei Tagen hat Mike für heute vorgeschlagen einen Ausflug zu machen. "Tobias, do you know Okinawa?" „I have never heard before." „It´s an island in iapan and people say, there live many people who are about hundred years old." „How do they get so old?" „If you like, we can go there and look." „Ok", ist meine knappe Antwort, da ich es mittlerweile regelrecht genieße, manchmal Ausflüge zu machen. Es sind jetzt fünf Monate seit meinem Jahresabgang in Frankfurt vergangen und ich habe Julia oder die Mädchen nicht einmal angerufen. Ich denke an sie, aber nein, ich vermisse sie nicht. Ich habe sie bestimmt enttäuscht, aber ja, sie mich auch. Demnächst rufe ich sie an. Der Tag vor der Peking-Abfahrt war im Mai zu viel gewesen und ohne die Ereignisse dieses Tages wäre ich heute vielleicht gar nicht hier. Und nun? Nun lerne ich heute Okinawa kennen und bin gespannt. Es ist eine Nachbarsinsel, aber eben in Japan, und wir müssen fliegen. Mike hat wieder einmal alles organisiert. Wir fliegen los, kommen auf Okinawa an und schauen uns um. „It´s an archipel", klärt Mike mich auf während wir in ein Taxi steigen. „Please bring us to the neverland road 7", weißt er den Ta-xifahrer an. Der, erstaunlich alt aussehend, lächelt nur und fährt los. „I hope, we will have nice days, Tobias." „Me too", lache ich und da kommen wir auch schon an. Mike hat statt eines Hotels anscheinend ein Haus gemietet. Es sieht gut aus und wir packen unsere Koffer und gehen rein. Es ist von innen nicht groß, aber lädt mich aufgrund einer guten Atmosphäre dazu ein, gerne einzutreten. Und zu meiner Überraschung gibt es plötzlich Bier, das Engländer so gerne trinken wie wir Deutschen. „Here Tobias, I have bought them in the dutyfree shop at the airport. Take one." Und ich nehme das erste, zweite und dritte und wir trinken auf Okinawa als ob es unser letzter Tag wäre. Wir vergessen alles um uns herum und lachen über die schlechtesten Witze wie zwei 18-Jährige. „What do you want to do tomorrow?", fragt er mich und ich überlege. Ich kenne mich nicht aus und gebe ihm dann aufgrund eines Bauchgefühls Antwort, da ich mich auf meinen Bauch immer verlassen kann. Der zeigt mir sofort an, wenn es mir schlecht geht und dann kann ich morgen vielleicht seine gute Seite kennenlernen. „We will go out and take the right side." Mike blickt mich fragend an und ich klopfe ihm auf seine Schulter. „Believe me, it will be a good way." „Ok", nickt er lachend nur. Wir haben 23.59 Uhr wie mir ein Blick auf die Uhr zeigt. Und plötzlich träume ich wieder und versinke im Traum. Ich bin leicht über eine Heizung gebeugt und Mike direkt hinter mir. Eindeutige Position. Wir treiben es miteinander und nehmen um uns herum nichts mehr wahr. Wir treiben es miteinander und ich fühle mich gut. Nein, ich fühle mich so als ob ich gleich abheben würde. Mal ist er oben, mal ich. Mal ist er hinten, mal ich, und es scheint kein Ende zu nehmen. Der Traum an sich soll kein Ende nehmen. An kein einziges Mal Sex mit Julia kann ich mich erinnern, wo es so gewesen wäre. Ich stöhne laut auf und suche mit meiner Hand Mikes Schenkel. Er penetriert mich und dringt immer und immer in mich ein. Ich bin schon tropfnass und animiere Mike weiterzumachen. Er klammert sich an mir fest und hält meine Hand. Wir treiben es gnadenlos miteinander. Mike zieht mich noch einmal fest an sich und in dem Moment kommt er. Ich kann es nicht glauben, was für ein Traum! Ich schaue auf die Uhr. Wir haben 2.33 Uhr und ich habe nicht geträumt. Mike liegt neben mir. Das kann ich noch viel weniger glauben. Ich habe es gerade wirklich mit ihm getrieben und fühle mich gut. Tausende Kilometer von meiner Heimat und Familie entfernt, liegt ein Mann neben mir im Bett. Ich stehe auf, gehe ins Bad und schaue mich im Spiegel an. Was sehe ich? Immer noch denselben wie gestern. Tobias mit 3 Tage Bart und leichten Falten um die Augen. Und ich weiß in dem Moment nicht, wie alles weitergeht, und ich weiß doch alles. Ich weiß, dass es gut war und ich meine drei nicht vergesse. Ich zahle aus China weiterhin jeden Monatsersten die 1200 Euro, weil sich das für einen Mann schließlich so gehört, egal wie es weitergeht. Und neben mir rieche ich das Männer-Gaultier. „Weiter so". sage ich mir selbst. Jetzt bist du in Peking und deine drei in Frankfurt vergisst du nicht." Die Zeit im Bett vergeht, ich schlafe wieder ein und beim nächsten Blick auf die Uhr haben wir morgens 8.09 Uhr. Neben mir liegt immer noch Mike, mein Engländer, der eben nicht nur gut aussieht und riecht, sondern auch sonst viele positive Seiten wie zum Beispiel Freundlichkeit und Charme zu bedienen weiß. Das einzige, was er zuhause nicht kann, ist Ordnung halten, fällt mir gerade ein und ich muss lachen. Während er in der Firma jedes einzelne Blatt zu sortieren weiß und als sehr akkurat gilt, vergisst er beim Öffnen der Haustür anscheinend so zu sein, wie er mir gestern Abend erzählt hat. Ich schaue links neben mich, sehe ein leeres Heft, schnappe es mir und lege mich mit einem Kuli zurück ins Bett. „What are you doing?", fragt mich Mike. „I don´t know", schaue ich ihn gedankenverloren an und denke wieder an meine drei Ladys in der Heimat. Ich bin der männliche Teil unseres Familienteams und jetzt? Jetzt bin ich nur im Moment daheim und spüre Vibrationen am ganzen Körper, wenn ich an heute Nacht denke. Kann ich mir das erlauben? Ich weiß es nicht. An der Stelle erlaube ich mir zu sagen, dass ich nichts weiß bis meine Hand plötzlich zu schreiben beginnt. Sie malt zeitweise fast und ich schaue nur auf das Blatt und meine schreibende Hand, die erst zu schreiben aufhört als die Seite voll ist. Und ich setze mich im Bett gerade hin, blättre zurück und wieder vor. Was steht da? Es dauert eine Weile bis es bei mir ankommt.

W
I
L
L
K   M   -ein
O   I   -nneres
M   K   -ind
M   E   -rwacht
E
N

Mike? Mein inneres Kind erwacht? „Drehe ich durch? Ist meine esoterisch angehauchte Seite am Ausbrechen und ich hatte mit Frau Trunk zu viel zu tun?", frage ich mich an der Stelle mit einem Lachen selbst und lege meine Stirn in Falten. Frau Trunk würde sich über meine Gedankenidee wundern, sich aber auch mit mir freuen. In Deutschland werde ich ihr davon erzählen. Frau Trunk hat ein Händchen für mich. Ihr Tipp mit der Zink-Einnahme hat sich bewährt, und seitdem ich sie nehme, habe ich so gut wie keine Kopfschmerzen mehr. Ich denke, eine esoterische Seite habe ich aber trotzdem nicht wirklich, ich bin ein Mann.

Ich bin Tobias Schumacher und Mike ist auf alle Fälle da. Ich bin gespannt, mache große Augen, drehe mich um und betrachte ihn mit seinem wilden Haar. „Mike, I want to tell you something." „Ok" schaut er mich fragend an. „Mike, it´s so… Ok", räuspere ich mich. „in Germany wait three ladys that I come home." „Who are the ladys?" „My wife and my two daughters." „Ok" wird sein Gesicht an der Stelle länger und ich weiß auch nichts wirklich zu sagen. „Yes, my company wanted me for this position for one year." „And your family?, fragt er mich jetzt. „I don´t know", schaue ich ihn an und er blickt mittlerweile an mir vorbei ins Leere So bleiben wir eine ganze Weile still sitzen und legen uns später wieder ab.

Der Trip verging und Mike und ich sahen uns weiter täglich auf Arbeit. Ich konnte mich auf ihn als Begleitung verlassen, was mich fern der Heimat beruhigte. Es wurde zur Gewohnheit und die ließen wir wie das gemeinsame Einschlafen abends nicht mehr los. Gewohnheiten haben etwas Schönes, sie haben etwas Beruhigendes.

Nachwort

2011 hatte ich mir mein erstes Diktiergerät gekauft, um zu verarbeiten, was zu verarbeiten war. Am Flughafen in Peking das zweite, weil das erste in Deutschland bei Frau Trunk war.

Aktuell ist 2016. Mein politisches Wesen ist die letzten Jahre trotz der aktuell kritischen Weltstimmung nicht mehr erwacht und lässt sich von Gegebenheiten, die ihm die Nachrichten als bedenklich verkaufen, verunsichern. So weit bin ich noch nicht als das ich es geschafft hätte, darüber zu stehen. Ich bin nach einem Jahr Peking 2012 wieder in Frankfurt gelandet. Die Welt hatte sich nicht verändert und doch ist für mich vieles anders gekommen als gedacht. Heute lebe ich die Tage bewusster, und dadurch fällt es meist weg, mir danach Gedanken über das eine oder andere machen zu müssen. In Peking musste ich mir meine acht Quadratmeter Sicherheit geistig oft selbst bauen. Leicht war das nicht. Vor allem hatte ich zeitweise das Gefühl, mich noch weiter von mir selbst zu entfernen. Aber es ging nicht anders, ich musste durch und mein Selbstbewusstsein ist dadurch gewachsen. Ich kann mich besser leiden. Vielleicht bedingt das eine das andere? Vielleicht – auf alle Fälle fühlt es sich gut an. Meinen drei Ladys hatte ich in dem Jahr zwei Karten aus Peking geschickt, aber keine Antwort erhalten. Es waren Karten, die man normalerweise aus dem

Urlaub jemanden in der Heimat zukommen lässt. Lange hat es gedauert bis der Text für die drei geschrieben war – vor allem, weil auf einer Karte auf der Rückseite nicht viel Platz ist. Der Text der ersten lautete:

Liebe Julia, Liebe Paula und liebe Anna,

ich schicke euch viele Grüße aus Peking, wo ich jetzt für 1 Jahr bin. Peking ist groß, also noch viel größer als Frankfurt und die Chinesen sind kleiner als wir und haben schwarze Haare. Ich denke an euch. Passt gut auf euch auf, euer Paps, dein Tobias.

Sie hätten über FDV meine Kontaktdaten in Peking herausbekommen können, aber es kam nichts und dann schickte ich ihnen 14 Wochen nach der ersten eine zweite Karte. Der Text dieser lautete:

Liebe Julia, Liebe Paula und liebe Anna,

jetzt bin ich knapp fünf Monate in Peking und es gibt auf Arbeit viel zu tun. Lange habe ich mir überlegt, ob ihr kommen sollt und wisst ihr was? Zu eurem eigenen Schutz sage ich, dass ihr besser in Frankfurt bleibt. Das fühlt sich hier oft fremd an, das wäre nichts für euch. Ich denke an euch, euer Paps, dein Tobias.

Und sie reagierten wieder nicht darauf, sodass ich mich nicht kein weiteres Mal bei ihnen meldete. Es war meine Entscheidung, nach China zu gehen und ich wusste 2012 wieder zurückzukommen. Wäre der 28. Mai nicht so verlaufen, hätte ich die chinesische Luft wahrscheinlich gar nicht kennengelernt. 1 Jahr im Ausland ist lang und 1 Jahr ins Ausland ohne die drei, die zu einem gehören zu gehen, eine große Herausforderung. Es verging kein Tag, an dem ich nicht an sie gedacht hätte. Als sich das Jahr dem Ende zuneigte, kam Frau Li auf mich zu: „Herr Schumacher, ich möchte mich im Namen von Peking Insurance für Ihre exzellente Arbeit bedanken und Herr Jilang wüsste Sie gerne weiter an diesem Standort." Ich sah sie an und wusste, worauf sie raus wollte, aber bin doch zu sehr ein deutsches Kind als dass ich noch länger dort geblieben wäre. „Vielen Dank, Frau Li, aber ich muss leider ablehnen. Ich möchte heim. Heim auch mit meinen alten Gehaltskonditionen bei FDV", sprach mein Gesicht Bände und sie versuchte mich kein weiteres Mal zu halten. Nach dem einen Jahr in China wartete ich am Ende nur noch auf Frankfurt und roch mit der Ankunft am Flughafen direkt wieder deutsche Luft. Ich bin nicht zu meinen drei zurückgezogen, sondern habe mir eine Wohnung in der Stadtmitte genommen und ihnen erklärt, dass ich mir erst eine eigene Wohnung nehmen müsste, um anzukommen. Bei FDV hatte ich schon eine Woche später wieder angefangen zu arbeiten. Es begrüßten mich viele mir bekannte Gesichter beim Ankommen und machten es mir leichter. Keiner sah irgendwie aus wie der andere – ich war wieder daheim. Und richtig daheim fühlte ich mich beim Anblick zweier mir bekannte Gesichter, meinem Tischnachbarn und Herrn Erhart. Es gab beide noch. Max klopfte mir mit einem „Schön, dass du wieder hier bist" auf die Schulter und berichtete mir von seiner blonden Bettnachbarin und den dicken Eiern, die sie morgens immer noch öfters kannten. Herr Erhart ließ mich in sein Zimmer kommen und begrüßte mich dort: „Herr Schumacher, jetzt sind Sie wieder da und ich hoffe, dass Sie gut ankommen. Ihr alter Tischnachbar ist Ihnen ja erhalten geblieben." Viel mehr sprachen wir nicht und Erhard kann heute mit mir nicht mehr so gut umgehen wie früher. Schumacher weiß jetzt, dass er Schumacher ist und Erhart hat der alte besser gefallen. Das ist mir egal, während der Umgang mit meinen drei Ladys eine Herausforderung gewesen ist. Ich habe sie manchmal über das Telefon gehört, und einmal haben wir uns zu einem Gespräch im Stars getroffen. Der Treff war okay gewesen. Als ich damals um die Ecke zu unserem Treffpunkt gebogen bin, hatte ich ihn schon von weitem gesehen. Rocky, der mit seiner Nase wild schnuppernd auf der Suche nach etwas war, das nur er zu sehen oder zu riechen schien. Mensch, war er groß geworden. Er hatte mich nicht erkannt und blieb bei Paula an der Leine, ohne große Freudensprünge zu machen als er mich sah. Julia, Paula und Anna wirkten mir gegenüber alle drei reserviert. Julia hatte traurige Augen. Paula und Anna waren in dem Jahr gewachsen und mir gegenüber sehr zurückhaltend. Ich sah die beiden an und sah mein altes Ich: immer vorsichtig und auf der Hut, was passiert. Den Tag darauf klingelte mein Handy und ich kannte die Nummer, es war Julia gewesen. „Hallo", ging ich ans Telefon. „Hallo Tobias.", und sie war still. „Julia, es ist schön, deine Stimme zu hören." „Ja, ich bin auch überrascht, wie mir deine vertraute, lange nicht mehr gehörte Stimme über das Telefon gleich ein gutes Gefühl vermittelt", kurze Pause, „Tobias, ich rufe dich wegen gestern an. Du warst ein ganzes Jahr weg und dann war der erste Treff in einem coffee store voll daneben gewesen." „Julia, ich weiß, was du meinst. Eigentlich fand ich es okay, aber wenn ich es mir jetzt noch einmal überlege, dann hast du Recht. Ich hätte nur nicht in unsere Wohnung gekonnt." „Tobias, unsere Wohnung?", ging sie jetzt dazwischen. „Julia, ich weiß, dass ich euch hätte anrufen müssen." „Das weißt du? 1 Jahr habe ich darauf gewartet, dass du anrufst. Durfte an Weihnachten sogar eine Karte deiner Mutter an dich in den Händen halten." Das hatte ich mir gedacht, dass sie ihre obligatorische Karte geschrieben hat. „Aber egal Tobias, ich habe jeden Tag an dich gedacht, gehofft, dass du dich meldest und dich geliebt", wurde ihre Stimme brüchig und ich holte tief Luft. „Julia, ich weiß, dass du ein wirklich guter Mensch bist und ich weiß, dass du mich liebst. Ich habe mich in dem Jahr Peking oft genug damit auseinandergesetzt." „Womit?" „Damit, dass ich mir deiner Liebe und Treue sicher sein kann." „Und?" „Irgendwie kam ich zu dem Schluss, dass wir uns vielleicht zu einer falschen Zeit kennengelernt haben. Ich dachte erwachsen zu sein und war es doch nur juristisch. In mir fegte mein Kleiner hin und her und ich war mir dessen gar nicht bewusst. Weißt du noch, als du mir von little Julia erzählt hast? Du wusstest um sie und kanntest ihre Wünsche. Du warst weiter als ich." Ich konnte nicht mehr und eine Pause folgte. „Und?", beendete sie diese. „Und ich weiß, dass du mit mir viel mitgemacht hast und ich weiß, dass du weiter noch viel mitmachen würdest, schon alleine wegen Paula und Anna." „ Die zwei haben von mir nichts Schlechtes über dich gehört seitdem du gegangen bist." „Auch das weiß ich, und ich bin dir dankbar dafür." Mir fehlten immer mehr die Worte und unsere Pausen wurden länger. „Sie hätten sich vielleicht auch mal ihren Vater an ihrer Seite gewünscht, wenn es ihnen nicht so gut ging."

Das hatte mich Paula in unserem Telefonat nach meiner Rückkehr aus Peking wissen und spüren lassen, aber ich war leider nicht in der Lage dazu gewesen, es wieder gutzumachen. Paula und

Anna waren von mir, ihrem eigenen Vater, enttäuscht und es war zu spät. Zu spät für den Moment. Ich muss Vergangenes nicht verklären. „Auch das weiß ich, das kannst du mir glauben. Ich war aber selbst verletzt gewesen, sodass ich nichts machen konnte." „Warum verletzt?" „Du hattest mich zu Genüge beleidigt und Anna mich mit ihrem Verschwinden auf die Probe gestellt." „Tobias, Anna ist ein Kind!", wurde sie jetzt laut. „Ich weiß. ich weiß, dass ich das weiß, aber konnte damit trotzdem nichts anfangen" Julia verlor die Fassung und begann hemmungslos zu weinen. Ich kannte sie, ihre Gefühle und Ängste. „Julia, bitte glaube mir, ich bin dir für alles dankbar, wirklich dankbar. Es wäre zu viel, wenn ich nach der Zeit einfach zurückkommen würde. Wir können uns weiter hören und sehen, aber realistisch betrachtet, wäre alles andere zu viel." Und die realistische Betrachtung war ihr zu viel und sie legte auf. Ich lief mit meinem Handy eine Weile hin und her und schrieb ihr: Julia, vielleicht magst du das in dem Moment nicht verstehen, aber nichts geschieht umsonst. Wir haben zwei wunderbare Töchter zusammen und du bist ein wunderbarer Mensch. Vielleicht gehört ein anderer Mann an deine Seite, der dich liebt und schätzt. Ich werde immer für euch da sein." Ich habe danach ein paar Monate nichts von ihr und den Kleinen gehört. Sie hatten auf meine

Nachrichten nicht reagiert. Ich hätte auch spontan bei ihnen klingeln können, aber das habe ich mich nicht getraut. Ich zahle weiter monatlich einen ansehnlichen Betrag auf Julias Konto ein und bin bis heute nicht mehr zu ihnen zurückgezogen. Julia ist alleine, aber trifft sich anscheinend mit jemandem. Ich habe sie vor ein par Wochen durch Zufall auf der Straße und sie war sichtlich erschrocken darüber, mich zu sehen. „Hallo Julia", rief ich ihr zu und lief näher zu ihr. Sie antwortete mir „Hallo Tobias, ich muss leider weiter", und drehte sich um. Aufgefallen waren mir ihre Augen bei unserem kurzen Treff, die nicht mehr so traurig wirkten wie im Stars. Nein, vielmehr umschloss sie etwas, das ich kannte. Ihr Äußeres umgab ein unsichtbarer Schleier wie zu Beginn unserer gemeinsamen Zeit und ich hoffe, dass ich mir diesen nicht eingebildet habe. Bei Paula und Anna bin ich mir sicher, dass bei den zwei Hübschen die ersten Liebschaften anklopfen. Jung und schön wie sie sind, ziehen sie hoffentlich gute Gegenüber für sich an. Ich bin ihr Vater und bin stolz auf sie. Ich, Tobias Schumacher möchte sie es zukünftig mehr spüren lassen. Ich bin auf sie so stolz wie auf Mike. Er kam 2012 als China-Experte für FDV direkt aus China mit mir zurück und wohnt seitdem bei mir. Es hat jeder von uns sein Extrazimmer, aber die Nächte verbringen wir meist zusammen in einem Bett. Zu Beginn waren wir in einem Möbelhaus gewesen, weil wir beide keine Möbel hatten. Mit seinen 1,90 m ist er nicht zu übersehen und er bewegte sich schnell zwischen den einzelnen Abteilungen hin und her, weil er Möbelhäuser lieber von draußen als von drinnen sieht. Einmal grinste er mir um eine Ecke zu und fragte mich: „Tobias, do you like it to live together with me?" Ich sah ihn an und überrasche mich manchmal selbst. Mein Lachen sprach Bände: „I don´t like it, I love it." Darauf fing er an zu strahlen, denn emotionale Bekundungen ist er von mir nicht unbedingt gewohnt, vor allem nicht in der Öffentlichkeit. Jetzt sind wir aber schon einige Jahre zusammen und er ist immer noch da, immer noch bei mir. Er nimmt mich wie ich bin. Muss man gleich schwul sein, um als Mann plötzlich einen Mann gut zu finden? Keine Ahnung, ich weiß es nicht. Ich war vor dem Jahr in China viele Jahre mit Julia zusammen gewesen, habe sie nie betrogen und hätte mich in Deutschland wahrscheinlich gar nicht auf Mike eingelassen. Aber jetzt ist jetzt und heute heute. Wir machen es weiter wie in Peking und lassen es laufen, dann läuft unsere Beziehung wie von allein. Ich bin gerne bei ihm, gerne mit ihm zusammen und bin gespannt darauf, was die nächsten Jahre bringen werden. Schön wäre es, wenn er dabei bleiben würde – wie gesagt gehört er zu den Guten, vielleicht auch zu mir. We will see.

Raum für eigene Gedanken

FSC
www.fsc.org
MIX
Papier | Fördert
gute Waldnutzung
FSC® C083411

Zeitfracht Medien GmbH
Ferdinand-Jühlke-Straße 7
99095 Erfurt, Deutschland
produktsicherheit@kolibri360.de